新经典文化股份有限公司
www.readinglife.com
出　品

〔日〕麦杉貘 著

文

绘

译

目录

阴阳师❀女蛇卷

阴阳师·玉兔卷

阴阳师

女蛇卷

傀儡子神

一

樱花烂漫，在光影中静静摇曳着。

晃动间，樱花瓣从枝头散落，一瓣、两瓣……

微风徐来，枝梢轻轻颤动；风稍大一些，就摇摆得更加厉害些。花瓣也和着春风，纷纷扬扬地飞舞。

一株樱花树上，舒展着无数的花蕾。

在几百、几千、几万、几千万、几亿的花瓣中，已做好离开枝头准备的，只有为数不多的几枚。寥寥的花瓣，在寥寥的风中散开。

然后，下一阵风顷刻而至。但就在这稍纵即逝的间隙里，几亿枚花瓣中又有那么几枚，做好了散落的准备。

那些花瓣，随即在下一阵风中飞散开。然而，无论怎么散落，无论飘散多久，樱花树依旧繁花满枝，丝毫没有减少。仿佛无限的光阴，都镌刻在这繁茂的樱花中。

“真是不可思议啊，晴明。”源博雅感叹道。

这是土御门大路，安倍晴明的宅邸。博雅和晴明正坐在檐廊上饮酒。

“博雅，有何不可思议？”

晴明正举杯送向唇边，闻言看向博雅。

博雅自方才起就端着盛有酒的杯盏，出神地望着庭中樱花树。

“看着眼前的樱花缤纷散落，似乎会不由自主地心生欢喜。”

“是吗……”

“自古以来，不是都说春日景象最能体现物哀[①]吗……”

“嗯，这怎么了？”

“我觉得，樱花散落确实能勾起物哀之情。但除此之外，望着缤纷的樱花，也会情不自禁地涌起雀跃的心情。连我自己都觉得这份触动是如此奇妙，感到不可思议。”

“因为樱花就像一面镜子呀。”

“镜子？”

“嗯，是的。”

“怎么说？”

“镜子映照人的姿容，而樱花映照的是人心。”

“什么?！”

“人看得到他人的样貌，却不甚了解自己长什么模样。只有照了镜子，才初次知晓自己的模样。心也是一样的。”

“如何一样？”

“我现在是在说樱花，其实其他的事物也是如此。人见到某物时心生感触，才生平第一次察觉到了内心。若无所触动，人便很难找到心之所在。”

“嗯……”博雅抬起停在半空的手，将杯中酒一饮而尽，“怎么说呢，晴明啊。”

“什么怎么说？”

---

① 一种传统日式美学意识，指对世间万物的感性体悟。

“你说了一大通镜子之类的话，我也听得似懂非懂。但刚刚那份欢欣洋溢、喜不自禁的心情，已经不知跑到哪里去了……”

“哎呀，那真是抱歉了。”

“不不，晴明，你无须道歉。只是……”

“只是？”

“我也搞不清了。”

博雅说话间，庭中有人走近，是身穿唐衣的蜜虫。

“有客来访。”蜜虫站在樱花树下，福身道。

“是哪位？”晴明问。

“是老朽……”

话音未落，一人从蜜虫身后走上前来。

来人是芦屋道满。

二

伊豆国守[①]名叫小野五伦。此人长期担任外记[②]一职，按资历可升任大外记，碰巧该官位已无虚席，便被任命为伊豆国守。

小野五伦来到伊豆上任之际，不凑巧原来的主簿[③]因病辞任，主簿一职空悬。

主簿身负辅佐国守的要职，国守不在时，还须替他妥善处理各项政务。没有主簿，五伦方方面面都感到不便，每日的公务也无法顺利落实。

“有无能胜任此职之人？”

五伦托人几经物色，有消息说：“骏河国有一人，颇有才干。

---

① 日本古代官职，即州县长官。

② 日本古代官职，相当于唐朝的“门下录事”，负责审阅官府文书。

③ 日本古代官职，国守属下掌管文书的佐吏。

明事理，且文笔不错……”

五伦闻言大喜，立刻派人将此人邀到府中。

来者是个身材魁梧、神态庄重的男子。

“请唤在下丹。”男子说道。他的眉心并排长着两颗黑痣。

丹态度端正，不苟言笑，谈吐措辞也很有礼貌。

“能否看看你的手技。”五伦开口道。

手技，指的是写字运笔的功力。

笔墨砚台安放就绪，一纸铺陈于眼前。丹取过笔，毫不迟疑地在纸上行笔落墨。

虽说称不上一手好字，但字迹清晰易读，无错漏之处。运笔轻快灵活，适合主簿之职。

除此之外，收缴税赋也是主簿的职责所在，所以还要考察一下丹计算税金的能力。

五伦拿出事先准备好的错综复杂的公文，问道：“你算一下，此物需定多少税额？”意思是让丹计算需要征收多少税款。

“遵命。”丹拿起公文细细审阅，之后取出一个算盘，将两者并排呈上，“应该是这个数。”

无须再三确认，丹所报出的数额准确无误。

“笔法不错，处事也有条理。既然如此，就留下来任职吧。”

就这样，丹在五伦的身边担任起主簿之职。共事时间一长，丹表现出的才干超过了五伦的预期。无论委任他何种事务，他都能处理得有条不紊，从无差池。若是同僚遇上棘手费时的案卷，丹也会帮忙处理，而且从未耽误自己的公务。

丹担任主簿不觉已有两年，在这期间，没有做过一件不合五伦心意的事。因此，五伦将伊豆境内的部分辖地全权交由丹管理。

丹身居要职后，也从未有过说他中饱私囊的传闻。五伦将他提拔到这个位置，其实是有意给他点油水，想着让他适当赚些外快也无妨。不想丹恪尽职守，丝毫没有利用职务之便舞弊的行为。

三年后，丹的声望已传至邻国。

某日，国守和丹两人正在一间朝向庭院的堂内办公。

如山的公文堆积案头，丹在文书上盖印——缮发训令，即下达通告。丹将国守的谕令写成告谕，再盖上官印。

差不多处理完一半时，有群人敲敲打打地从大门口走进庭院。

有吹笛的、有敲钲鼓的，还有击羯鼓的，其余人等摆动着肢体，拍手相合、顿足踏歌、欢欣鼓舞。

是一群傀儡师[①]。

国守放眼望去，人群前方站着一名老者，他正作开场白似的吆喝道："各位，来瞧一瞧，看一看啊。我等傀儡师经天竺、过大唐，一路东渡至日本国。初来乍到，承蒙关照，今日首次露相，不收银两，还望多多捧场……"

老者顶着一头蓬乱生长的白发，长长的眉须下，黄色的双目炯炯有神，尤显亲和。

傀儡师们有的模仿木偶的动作舞蹈，还有的从箱中取出人形傀儡，当场表演起木偶戏来。着实热闹非凡。

府衙中有不少人被吸引来围观。

原来是傀儡师登门造访，说想借庭院一用。因为正值办公时间，门卫说道："还是改日吧……"不料，推拒之辞还未说完，傀儡师们已鱼贯而入。

如此一来，既已无法阻拦，只能顺其自然了。

傀儡师们载歌载舞，表演趣意盎然，看得国守也不禁露出笑容，心情十分愉悦。

这时，国守不经意地一瞥，面前的丹正在盖印，他手上的动作

---

① 原文为"傀儡子"，指走街串巷的木偶戏表演者，兴于平安时代至江户时代。

却有些异常。只见丹盖印的那只手，正随着傀儡师们弹唱的节拍，打着三拍子。同时，丹的肩膀竟也合着三拍子的节奏摇摆起来。

见此情形，傀儡师们更加起劲地踏歌载舞，击鼓奏乐愈发热火朝天。

“实在是按捺不住了！”

原本合着三拍子盖章的丹，将印章扔至一旁，猛地站起了身。

丹的口中发出粗哑的声音，随着傀儡师们一同歌唱起来。

在五伦的注视下，丹跃至庭中，随着傀儡师的乐曲跳起舞来。

他壮硕的身躯自如地舞动着，这副模样滑稽又有趣。

就在此时，傀儡师们的乐声停了。周遭瞬间静了下来。

丹也停止了舞动，立在原地。

在丹的一旁，站着方才致开场白的老者。

“此番该是尽兴了吧。”老人开口道。

丹的下巴一伸一缩，点了点头。

“那么，差不多就到此为止吧。”

说罢，老者伸出右手食指，轻触丹的前额，丹的身体急剧缩小，咕咚一声向前倒地。

再一看，只见老者脚边的地上，俯卧着一具木偶——人形傀儡。

三

“哎呀，这不是道满大人吗，今日大驾光临，不知何故啊？”晴明问候道。

“正当花开烂漫时，老朽便想着来讨杯酒喝。”

道满说着，从樱花树下缓步走上前来，眼中似是含着些许腼腆的笑意。

“请，酒的话，还很充裕。”

晴明的语调微微上扬，是因道满的出现而感到欣喜吧。

“那老朽就不客气了。”

道满从庭中走到廊上，席地而坐。蜜虫随即备好杯盏放到道满身前，为其斟上酒。道满举杯缓缓饮尽。

“好酒……”道满抹了抹嘴。

“好一段时间没在京城里听到您的消息了……”博雅对道满说。

“老朽去了趟伊豆。”

“去了伊豆？”

“许久没同你们赏花饮酒了，便想着在今年拜访之际，备些薄礼……”

“那为何要去伊豆呢？”博雅问。

“大概五十年前吧，老朽想着不管怎样有个对饮的伴也好，就制作了一具木偶。”

道满边说，边将新斟上酒的杯盏送到嘴边。

“木偶？”晴明颇感兴趣地问道。

“制成后，老朽将那木偶交给一个相识的傀儡师保管。想着用上三十年左右，它应该能略通乐曲和舞蹈了吧。没想到，早在十几年前，它就消失不见了。”

“不见了？”

“不知是被偷走了，还是自己出走了……”

“道满大人所制的傀儡，确实极有可能如此。”

“那是傀儡师们在骏河国时发生的事。”

“唔。”

“近来又听说，它好像在伊豆那一片当上了主簿。”

“主簿？”

“那名傀儡师同老朽相识甚久，因而对咒也多少懂一些。他说，总觉得伊豆国守的主簿，同老朽所制的木偶十分相像。”

“原来如此……”

“那主簿额前并排长着两颗痣。老朽也在木偶的额前，开了两个并排的孔穴，用以吸收天地阴阳之气。既然穴的位置吻合，那应该是没错了。所以老朽此番去了趟伊豆，亲眼确认无误后，将那木偶带了回来。”

道满将手探入怀中，取出一具木偶。

它身量不足一尺，头部和四肢均为木制，以粗线与躯干相连。

“这就是……”晴明凝视着木偶。

“想必是经历人世间的种种，耳濡目染，不愿再当傀儡，滋生了想作为人在这世上闯荡一番的念头吧。早年间，从有些交情的玄道士丹蟲翁处，得一丹字赠名……”

“原来如此。”

“老朽跟随傀儡师一同进到府衙中。踏歌奏乐之时，他情不自禁地跟着手舞足蹈起来，露出了真身。可看到那副模样，不知怎的，心中竟平添了几分怅惘……”道满苦笑道，“难得美景，让它在花下献舞一曲吧。”

说着，他拿起木偶，以口抵住木偶额前右侧的孔穴，呼地吹了口气。接着，又将唇附在左侧的孔穴上，嘶地吸了口气。

“如此，丹体内的阴阳之气便相游相交了……”

话音未落，道满手中握着的傀儡四肢已蠢蠢欲动。

道满将丹放到檐廊上，只见丹两脚直立，身体急速膨胀起来，五官也变得如同真人一般，不知何时身上已披上了直衣[1]。

“若能有博雅大人的笛音为伴……”道满开口道。

“荣幸之至。”

博雅从怀中取出叶二，抵在唇侧。

---

① 平安时代男子日常衣着。

笛音漫溢而出，乘着樱之风，飞扬流转。

骨碌、骨碌。丹的眼球转动起来，看向樱花。他歪着脑袋，仿佛在侧耳倾听博雅的笛声，身体随着笛音摇摇晃晃地舞动起来。

“随心所欲地起舞吧。”道满说道。

丹露出喜悦而满足的笑容。

他跳到庭院中，手舞足蹈地朝樱花树下走去。他边走边轻盈地伸展手臂，双脚灵动地踩着拍子，俨然是个舞者。

来到樱花树下，丹尽情地舞蹈，模样十分欣喜。

丹头顶的樱花，纷纷扬扬地撒落。

博雅的笛音和着丹的舞姿，时而欢快热烈，时而舒缓起伏，时而又轻灵跳跃。

浅饮小酌间，晴明面带微笑。

道满笑得有些腼腆。

吹着笛的博雅，也扬起了唇角。

樱花散落在风中，花瓣漫天飞舞。

落英一层又一层，樱花树却丝毫不见疏淡。

花宴如此烂漫。

伐竹翁

一

嵯峨野的深山里，住着一个以伐竹为生的男人，名叫青盛。

他原是平氏一族的武士，后弃世隐遁山林。

青盛在山中伐竹，编成竹篮、竹篓等器物，再拿去京城卖了维持生计。他天生手巧，毛笔、竹笛等精巧之物也做得来，便用这些换取钱币、绢布、米粮等生活必需品。

起初，青盛和母亲两人相依为命，后来娶了一个叫小竹的女人为妻，尚无子嗣。青盛在京城有个名叫藤原重末的老客户，小竹本是藤原府上的女佣，青盛到府上做买卖时，两人相识相恋，结为夫妇。然而嫁给青盛还不满一年，小竹就已开始想念京城了。

“像你这样时不时就要去一趟城里的，自然是好。而我却每日守在这里，重复一样的事情。”

小竹如此哭诉后，青盛再去京城时，每三次总有一次，会带着妻子小竹一起下山进城。

青盛的母亲年事渐高，但身体依旧健朗，时常独自进山伐竹。她挑选竹子的眼光独到，从山中砍来的竹材，色泽纹理都比青盛砍来的好得多。因此每当有重要的委托时，总是用母亲砍来的竹子作为材料。

五年前，母亲在青盛进城时入山伐竹，之后再也没有回来。青盛在山中寻了数日，找遍了母亲可能会去的地方，也没见到人影。

想起母亲平日里常说："活得太久反倒给你们添麻烦，不如趁还有力气的时候，在山中随意找个地方安息。"青盛暗忖，母亲可能是去了山林深处，不打算回来了。于是搜寻了约十天后，他也就不再继续，想着都过了十天之久，已无生还的可能。

一晃五年过去了，到了今年初夏——

某日早晨，妻子小竹嚷道："眼睛疼。"

睡梦中，她眼睛突然抽疼起来，天还没亮就被疼醒了。

"怎么了？"青盛已经起床，小竹把情况告诉了他。

等天亮后一看，只见小竹两眼通红。用水清洗、用湿布敷都没有效果，反而疼得更厉害了。

到了晚上，愈发疼痛起来。第三天夜里，已经疼到无法入眠的程度。

青盛绞尽脑汁，找出可能有效的草药熬成药汤让小竹服下，仍不见好转。

"疼、好疼……"

一到晚上，青盛就被小竹的呻吟声吵醒，他也睡不着了。

此事非同寻常，青盛想到请那位安倍晴明出手解决问题，便和小竹一起叩响了晴明宅邸的大门。

二

"确实严重……"

晴明看着小竹的眼睛，沉吟道。

这已不单单是充血的程度，整只眼都浸染了血色。

“先去嵯峨野看一看吧。”晴明说。

就这样，晴明和正好在场的源博雅一同来到了青盛家。

晴明从怀中取出一张白纸，裁出一枚人偶。

“请给我一滴泪水。”

晴明拿着纸偶凑近小竹的眼睛，她眼眶中淌出的泪水落在纸偶上，晕开一点红斑。

晴明伸出右手的一根手指，抵在小竹的眼睑上，口中念了一小段咒。接着把手指移到纸偶上，同样念了一小段咒。准备就绪，他将纸偶放在地上，纸偶倏地直立起来，继而迈开脚步。

“来，去看看吧。”

晴明跟在纸偶的后边，向前走去。

博雅、青盛和小竹三人，也被晴明催促着跟了上去。

纸偶来到森林中，走在焕发新绿的林木间。

起风了，纸偶的身躯在风中摇摇晃晃，却没有被吹飞，稳稳地向前走。穿过青盛家后山的竹林，又朝山林更深处走去。

感觉已跟着纸偶，在深山坳里的竹林中走了一刻多钟。

纸偶停下了脚步。

众人看到纸偶前方之物，均大惊失色。

“怎会如此?!”

一具尸体仰面倒在地上，穿着女装的尸身已腐烂得几乎只剩白骨。

“晴明，这、这是……”博雅结结巴巴地问。

“是我的母亲……”开口的是青盛。

那正是五年前下落不明的青盛母亲的遗体。

青盛的母亲还在世的时候，即使在山中找到上佳的竹子，也不会立即采伐。

“再让它生长个十日左右，就到采伐的最好时机了。”

她总这么说，等十天后再入山，找到先前看中的竹子，然后伐下一根带回家。

虽说身体健朗，但到底上了岁数，又是个女人，每次只搬得动一根。将枝叶清除干净，切掉无用的部分后，凭她一人之力也能将一根竹材带回家。

然而，母亲从未与儿子青盛以及儿媳小竹说过那个长有上佳竹材的地方在哪里。她总是独自挑选好竹材，再伐下带回家中。

想来那日青盛的母亲来到这片秘密竹林后，突发疾病过世了。

“那便是眼睛疼痛的原因吧。”

晴明说着，指向尸体的头部。

其实无须晴明指明，众人早已看到了那触目惊心的景象。

颅骨上还残留着白发，笋芽儿从眼睛的窟窿里钻出，向上生长，填满了整个眼洞。

“原来是你的母亲想引我们来到此地啊，所以才将眼部的痛楚转移到小竹姑娘身上。”

青盛切下竹笋，从眼洞中拔除干净。

“这样一来，再过三四日，眼睛的疼痛就会消失吧。”晴明说。

众人将遗体搬了回去，葬在青盛家的后山上。

三

晴明和博雅在外廊上对酌。

庭中的紫藤花已过盛放的花期，而甘甜的花香依旧随着和风来到两人的身旁。

位于土御门大路的晴明宅邸，院中池畔的鸢尾花开得正艳。

每当两人的杯盏空了，坐在一旁的蜜虫便会将酒斟满。

“真是令人惊叹啊，晴明。”博雅开口道。

“什么？”晴明问。

“你看这庭中的景致，转眼间满园春色尽褪，夏日气息扑面而来……”博雅说着，将酒送入口中。

蛰伏在大气中的闷热感趋于饱和，正蓄势待发。

“青盛母亲的事，能顺利解决真是太好了……”博雅搁下杯盏，看了眼晴明，又将目光投向庭中的紫藤，“小竹姑娘的眼睛，也差不多该好了吧。”

两人从嵯峨野回来，已有五日。

“唔，那件事啊……”晴明像是想起了什么。

“怎么了？”

“其实有一点我比较在意，怎么说呢，至今仍有些放心不下。”

“哪一点？”

正在博雅询问时，式神吞天慢腾腾地来到庭中。

“有客来访。”

他弯下胖墩墩的身子，行了一礼。

跟在吞天身后的，正是五日未见的青盛。他歪着头，一副束手无策的模样。

“发生什么事了？”晴明问道。

“那个……”青盛微微晃了晃脑袋，疑惑不解地说道，“小竹的眼睛还是没好。”

听那语气，沉闷得像是重石落地一般。

四

青盛的母亲下葬后，小竹的眼睛仍不见好转。不仅如此，痛楚还日趋严重起来。

“痛、好痛……”

不只晚上，连白天也持续发作，疼到难忍时甚至在地上打滚。

双目赤红，还滴滴答答地淌血，沾得小竹满脸血污。

事态实在太诡异，青盛不得不再次登门寻求晴明的帮助。

“晴明啊，你刚才不是说有个地方很在意吗？”

博雅发问之际，两人已身处前往嵯峨野的牛车上了。

“嗯，是说过。”

“你到底在意什么？”

“青盛的母亲究竟为何要进山？”

“她不是去伐竹的吗？”

“若是如此，遗体旁应该有劈刀或板斧之类伐竹的工具。那里却什么也没有……”

“什么……”

“我当时在附近找了一圈，没见掉落在别处。”

“所以你的意思是……”

“她不是为了伐竹而进山，而是另有目的，又或者是她丢失了工具。若是丢失了，那么会掉在哪里，又为何会丢失呢？”

“当时你为何不说呢？”

“那时没想那么多，以为找到了小竹姑娘眼睛疼痛的根源，事情已有着落了。但如今小竹姑娘的眼痛未消，就得另当别论……”

“怎么个另当别论法？”

“还有几点需要再想一下。”

“什么？”

“就先说到这儿吧。等到了那边，看看情况和我的推断是否一致。”

“嗯……”

博雅似懂非懂地点了点头。

五

“痛，好痛……”

小竹捂着脸，蜷缩在地上，血水从她的指缝间溢出。

“看来，事态是刻不容缓啊。”晴明看向青盛，问道，“请再讲一下五年前的事，那天到底是什么情况？”

“那天，我将做好的竹筐带到京城里去卖。傍晚回到家后，听小竹说母亲入山伐竹还未归来。”

“你的母亲跟小竹姑娘说，她是去伐竹的，是吧？”

“是的。现在小竹疼成这样，只能我来替她回答，不过她确实是这么说的。”

“你的母亲没说具体地点？”

“嗯，小竹是这么跟我说的。”

“她一向如此吗？”

“是的，母亲很少告诉我们自己要去哪里伐竹。”

“你的母亲平时用什么伐竹？”

“大约这么长的——”青盛张开双臂，比画出一尺有余的长度，“劈刀，她总是随身携带。”

“这么说来，当时也带着？”

“应该带着。我在家中各处都找了一遍，并没有发现母亲常用的那把劈刀，想必是被她带走了……”

“原来如此……”

晴明点点头，走向蹲在地上不住地喊疼的小竹。

他从怀中取出一张对折的纸，再用右手指尖捏出夹在纸中之物——是一根头发丝。

“晴明，这是……”

“是缠在青盛母亲右手手指上的东西。”说着，晴明将发丝放在地上，低吟道：“报上汝主之名，若无法启口，准汝归依原主。”

如此诵完三遍，附在地上的那根发丝忽地动了起来。

它如同尺蠖一般，拱起躯干上类似于人体腰部的位置，一屈一伸，在地面上蠕动着爬行。那根发丝显然是朝着小竹去的，只见它匍匐到小竹身旁，转而向她身上爬去，沿着脖颈往上，最后来到小竹的头上，潜入她的发中。

“小竹姑娘，你撒谎了吧。”晴明温和地问小竹，“是不是有事瞒着我们？”

小竹痛苦地仰起脸，用力地点头。

“啊啊，我错了，是我杀了母亲。”

令人难以置信的话夹杂着痛苦的呻吟，从小竹的口中吐出。

“那日，我跟在母亲身后进了山，等走到足够偏远的山林深处，我叫住了她。母亲闻声回头之际，我用手指戳瞎了她的眼睛。”

“你说什么？！”青盛惊呼，“为什么？为什么你会做出这种事？”

“我知道这不可饶恕，但我实在是太痛苦了。母亲因为我怀不上孩子总是责备我，这你也知道吧？”

“嗯，知道。”

“你一出门，母亲就变本加厉地因为此事责难于我，说我的肚子不争气，对我的腹部拳打脚踢。我实在无法忍受，五年前起了杀意，萌生了干脆让她从这个世上消失的念头。那日，我拿着板斧尾随她入山，然而怎么也下不了杀手，就戳瞎了她的眼睛……”

“为什么是眼睛？”

“我当时想，就算不当场杀死她，只要毁了她的眼睛，她便无论如何也走不回家了。就让她在山中迷路，葬身其中吧……”

“你怎么能做出这种事？！”青盛叫道。

“夫君，请你原谅我。这眼痛并非是母亲要你为她除去竹子，而是她对我的诅咒。我犯下了大错。晴明大人，求求你，能帮我脱离苦海吗？”

小竹痛苦地呻吟着，说话断断续续。

“被戳刺双目时，青盛的母亲在痛苦挣扎中抓住了你的头发，几根被揪下的发丝缠在了她手上。我们没在那里发现劈刀，或许是她在山上摸索时，不慎丢失了吧。而那残留在指间的发丝，成了对你施咒的道具。今年，正巧笋芽儿从头骨上的眼窟窿中长了出来，以此为契机，咒才得以生效……”晴明解释道。

六

掘出埋于后山的青盛母亲的遗骨，将缠绕在她右手上的发丝清理干净，到了第二天，小竹眼睛的疼痛渐渐消解，十日左右便痊愈了。

四个月后，晴明和博雅前往查看情况时，屋舍已是人去楼空。

爬山虎藤蔓缠绕在荒芜的墙壁上，风吹过，唯余秋虫孤寂的鸣叫声。

貌合之妻

一

夏日已至尾声。

蝉鸣却一点也没有减弱，甚至比盛夏时还要喧嚣几分。

白日里暑热依旧，好似大地都快被煮沸了，不由得让人忧心，这夏天到底何时才能结束。

不过入夜后，意外有凉风送来丝丝清凉。草丛间夏虫的鸣唱，也在不知不觉间变为秋虫的低吟。

夜晚，半月悬空。

晴明和博雅正坐在外廊上，怡然对酌。

每当杯盏空了，身着唐衣的蜜虫便会斟上美酒。

烛台上一灯如豆，萦绕烛光飞舞的虫儿明显变少了。

晴明支着单膝，右手端着盛有酒的杯盏，凝眸于幽暗处，像是要辨清在草木间唧唧的虫儿的模样似的。

“啊……”博雅一声轻呼。在那幽暗处，飘忽着一点绿光。

是萤火虫。

那绿光翩翩舞动，几度明灭闪烁，继而消失在夜色中。大抵是隐没在草木间了。

“原来还活着啊……”博雅叹了口气，将端着的杯中酒饮尽，刚在廊上搁下杯盏，蜜虫便倾身斟上了酒。

“人的爱慕之情，也如同那般吧……”博雅说道。

“唔……”晴明从庭中收回目光，看向博雅，“你指什么？”

“我只是打个比方，晴明。比如说，年少时你曾倾心于某人，对其一往情深。那时日日朝思暮想，无论梦中还是醒时，怀着那份爱恋，过着思念成疾的日子。”

“嗯。”

“可是转眼间，二十年、三十年过去了，彼此都上了年纪，甚至你所爱之人已经不在了。明明当初没有一日不想她，可不知从何时起，你不再想起她的日子一天两天地增长，等回过神来，已经快将她忘却了……”

“唔。”

“而当你以为自己忘了的时候，在某一刻，就像今晚，恍惚间又会无比怀念地想起她来。啊，我曾那么刻骨铭心地爱过她。大概会这样感叹吧，就像方才的萤火虫一般……”

“博雅啊，你心中是否藏着这样的人？”晴明问，他的唇角浮起一抹笑意。

“不，不是。不是在说我的事啦，我一开始不就说是打个比方嘛。就是怕你说出这样的话，所以才特地强调是在打比方啊……”

“好吧，博雅。既然你这么说的话……”晴明说。

博雅伸手取过搁在廊上的杯盏，把刚添上的酒一饮而尽。“别老是拿我寻开心呀，晴明。”

“没，我没拿你寻开心。”

“不对，你的眼神就是在调侃我呀。”

“这不是在调侃你。正是因为这样的你，才会有这样的眼神啊，博雅。”

“你说什么？”

“这话我可不会说第二遍。”

晴明将目光移开，看向庭中。博雅也随之望向庭院。

夜幕下，有光在闪烁。这次是一双。庭院中枫树旁的幽暗处，两个并排的青绿色光点清晰可见，同时明灭忽闪着。

看上去不像是萤光。虽说萤火虫成双成对地发光闪烁也不是不可能，但这两个光点之间的距离不曾改变。

若是两只萤火虫在空中飞舞，位置间距总会有所变化，但这两点光芒却始终如一。

“晴明，那是什么？”

“那位大人，真是久未逢面了。”

“那位大人？”博雅话音未落，那两点光芒已来到月光下，只是单凭半轮月亮的光照，仍看不分明。

随着它走近烛光所及之处，身形也逐渐显现。

是一头漆黑的野兽。

巨型的猫。

博雅若是见过老虎，或许会把它看成一头黑虎。

然而，那并不是虎，是一只猫又。垂于身后的尾梢分成了两股，双尾的尖端有青白色的火焰在熊熊燃烧。

有一人盘坐于猫又的背上。

他脸颊瘦长，眸光明澈，不得不说和晴明有几分相像，面容中带着神秘莫测的风情。

“保宪大人，有失远迎。”

贺茂保宪，晴明的师父贺茂忠行之子，也是晴明的师兄。

“闻到酒香了。”保宪的口吻和道满如出一辙。

说话间，他已从猫又背上下来，站在草地上。接着，只见他轻抚猫又的脑袋，猫又转眼间缩小成普通猫咪的大小，在草地上团成一团。

这猫又是保宪的式神，名叫沙门。

“博雅大人也在啊？”保宪说。

“晴明说他这儿新添了好酒，我便应邀过来了。”

“那可真不错啊。”保宪笑吟吟地看向晴明，说道，“我也来一杯吧？”

他沿着石阶走到廊上，在相对而坐的晴明和博雅之间坐下，面朝庭院。

蜜虫早已备好了酒盏，置于保宪膝前。

蜜虫往杯中斟上酒，保宪伸手取过，闷声饮下，酒顺着喉头淌入肺腑。

“确实是好酒。”

保宪伸出右手食指，抹去沾在唇上的酒渍。

“悉听来意。”晴明说。

蜜虫又往空盏中续上了酒。保宪正欲取杯，晴明抢先用手挡住了酒盏。

“先说完正事，再饮也不迟。”

“那好吧。”保宪点点头，朝晴明微微倾身，“其实，自三日前起，橘忠治大人一直昏迷不醒。”

他悄声说道。

二

事情是这样的。

沿着三条大路的朱雀大路，向东行数里至神泉苑附近，便能望见橘忠治的宅邸。

其妻是名门望族的千金，名为音子。

她和忠治门当户对，作为正室和忠治生活在同一屋檐下。[①]

五年前，两人和歌赠答后，忠治登门造访，完成“三日夜饼之仪”[②]，将音子接入府中。

五年来，忠治和音子身体安好，均无大恙。然而，到了第六年，就在三天前的早晨，向来早起的忠治没有起床。

偶尔醒得晚些也正常，家里人想他不久后就会起来，便没有在意。然而，等太阳高升，忠治仍没有起床。

这就有些反常了，家里人前往忠治的寝室查看情况。

忠治身上盖着被子，看上去还在睡梦中。

“是时候该起身了。”

家人近身叫唤，他没有睁眼，于是，又凑近了些。

“老爷，请起身吧。”

轻轻推搡他的身体，仍没有动静。

“请起床吧。”

就算加大力气摇他，忠治还是没有醒来。

察觉到事情不对劲后，家人赶紧唤来其他人，音子也赶来了。众人一起设法叫醒忠治，仍无济于事。

往他身上浇水，或让他将水含在口中，试了各种法子，忠治还是没有醒过来。

像往常一样，忠治在睡梦中呼吸平稳，也没有打鼾。

若是打鼾，则有可能是引发了脑出血，不打鼾，这个可能性就

① 访婚是日本平安时代婚恋的一大特点，即男女婚后不同住，依然住各自家中，到了晚上丈夫才前往妻妾住处。不过，正妻的地位最高，可以居住在男方家中，管理家中事务。

② 平安贵族婚嫁中的取婿仪式。贵公子和小姐若情投意合，公子须连续三晚造访女方家中，第三晚被看作确定婚姻关系的标志，当晚举行“三日夜饼之仪”，女方家庭让新婚夫妇共享自家的年糕（三日夜饼），象征结成姻亲。

很低。

府上众人冥思苦想之间，一晃三天过去了。

三

“就是这样，所以忠治的亲信到我这儿来，哭着求我能不能想办法救回他们大人。”保宪说。

整整三天里，忠治不吃不喝，一动不动地平躺着，身体明显消瘦了，脸颊也凹陷干瘪。再这样下去，他估计快要不行了。

事已至此，府上之人只能向外人求助。

“所以呢？”晴明问。

“晴明啊，你别装糊涂。我为何来此，你是知道的吧？”

“我不知道。”

“就是想问你，能否替我去一趟橘忠治那儿，想办法把那件事给解决了。”

“我就猜到是这么回事。”

“那何必要我特意说一遍……”

“嗯。”晴明点点头。

“你也知道，我最不擅长这类事情。但转念一想，这不是安倍晴明一显身手的好机会吗，就到你这儿来了。”

“保宪大人，您对这事怎么看？”

“略有眉目。”

“想到了什么？”

“还是先不说的好。我要是把自己的见解告诉你的话，说不定会帮倒忙。”

“说的也是。”

“倘若事情如我所料，那我找个人嘱咐好各项事宜，让他按照我的指示去办，也不是不行。但是，万一判断错了，这关乎忠治的性命安危。所以唯有你能胜任啊，晴明。”

“真狡猾……”晴明嘟囔道。

“狡猾？”

“把自己能轻松解决之事硬推给我，自己在这儿饮酒，就是您的如意算盘吧？”

“这么明显吗？”

“明显。”

“抱歉，拜托了。”

保宪躬身行礼，礼毕，抬起来的脸上带着不加掩饰的笑容。

晴明苦笑道：“那么，明天博雅大人也一同前往。”

保宪自然知道晴明和博雅的交情。当着他的面，晴明没有必要对博雅用敬语，却故意这么说。

“我也……”

“是的。”晴明点点头，“保宪大人将此事硬推给我，想必也是考虑到其中涉及男女之事吧。”

“那，为何叫上我？”

“男女间那些微妙的情愫，我不是很了解。比起我，博雅大人更能体悟这些，所以定能察觉到一些我疏忽的细节。”

“你是在说方才之事吗？晴明，别再寻我的开心了呀。”

晴明对博雅的话置若罔闻，接着问道：“一起去吧？”

“唔，嗯。”

“那就定在明天。”

“噢，走吧。”

事情就这么定下来了。

此时，一旁的保宪已持杯在手，美滋滋地品味唇齿间的酒香。

四

庭院里，曼珠沙华初绽，红色的花蕊在风中摇曳。

硕大的扬羽蝶轻扑双翅，萦绕花间。

晴明和博雅眺望着这幅光景走过渡殿[①]，被带至橘忠治的寝室。

屏风后，铺着绣有繧綢缘[②]的寝具，忠治仰卧其上。妻子音子端坐于枕边。

双方一番简短寒暄后，晴明开口说道："我们只听闻了大致情况……"

音子便将事情经过讲了一遍。

基本和从保宪那里听到的一致，唯一得到的新信息是，那晚音子也和忠治一同睡在此处。

往常，忠治会前往音子位于北殿的寝室过夜。而那晚，音子和忠治共寝于此，直至天明。

那日清晨，音子先起身离开忠治的寝室，独自回到北殿整理仪容。然而到了用早饭时，还未见忠治起身。

"能否让我查看一下大人的面容和贵体？"晴明说。

"请。"音子颔首。

忠治面容憔悴。

昏迷至今已有四日，忠治进食的，只有灌入口中的微量的水，而这充其量只能濡湿口腔罢了。米饭菜肴之类的食物全然无法下咽。

眼看着他日益消瘦，人们也无计可施。而从表面上来看，他仿佛只是睡着了。鼻下和下巴处长出了浅浅的胡须。

晴明先伸手探了探忠治的前额，再拉开他的衣领，将手贴在他的胸口。

---

① 平安时期建筑中，连接各处院落的带有屋檐的走廊。

② 榻榻米四周边沿用布缝出的花纹，象征尊贵的地位。

“怎么样，晴明，有什么发现吗？”博雅问。

“大人因久未进食，身体十分虚弱。但除了昏睡不醒外，并未发现身体有何异样。”

“会不会是别的什么原因……”

“导致人变成这种状态的原因，我眼下能想到好几个。不如说可能的因素过于纷乱，反而无法判断到底是由哪个引起的……”

“想当年，忠治大人蓄着长髯，真是威风凛凛啊。怎么会变成如今这般……”

博雅没说完，晴明像是要打断他的话似的脱口问道：“博雅大人，您刚刚说什么？”

“我说，忠治大人曾是那么气宇不凡……”

“再前一句。”

“前一句是……”

“你说大人曾蓄着长髯。”

“啊，是的。大人以前的长髯，可真是威风……”

晴明还没有听完博雅的话，就转身看向音子，问道：“确实是这样吗？”

“是的，正如博雅大人所说……”音子答道。

“那大人是什么时候将胡须剃掉的呢？”

“是……”音子略一迟疑，“正好是四日前的那一晚，就是大人出事的前夜，或者说出事当晚……”

“大人自己剃的？”

“是我为他剃的。”

“这又是为何呢？”

“从前我总抱怨忠治大人的胡须扎人，四天前，大人终于说他决定把胡须剃了。”音子说。

于是那晚，她准备好剃须用具，来到这个寝室。

此事没有声张，她为忠治剃须后，便睡在此处直至翌日早晨。

“容我再问一事，忠治大人平日就寝，头习惯朝哪个方向？”晴明问。

“呀，是哪个方向来着……”音子歪了歪头。

“现在大人是头朝西躺着，是不是和平时正相反。大人应该习惯头朝东睡吧？”

“是吗？”音子回答，嘴唇微微颤动。

晴明定定地看着她，突然开口问道：“能否借笔墨一用？”

“啊，好的。”

音子颔首，朝方才领晴明和博雅进来的人吩咐道：“快将大人需要之物拿到此处。”

砚台、清水、笔墨很快便呈了上来。晴明磨起墨来。

“晴明啊，你到底打算做什么？”

“博雅大人，多谢您将大人曾蓄须之事告知于我。实不相瞒，现在我还有一事，想要拜托您。”

“什么？”

“能否麻烦您将忠治大人的头和脚换个方向，让他头朝东面。”

“这倒是无妨……”博雅似乎还想问些什么，但最终只是点点头，道了声“好的”。他了解这种时候的晴明。

他站起身，两手伸到忠治胳膊下方，将他的头和脚调换位置，让头朝向东面。

此时，晴明手上已握着蘸满墨汁的毛笔。

“博雅大人，能否告诉我忠治大人的胡须是什么样的？”

“我记得鼻子下的胡须是……看，像这样……”

博雅边说边在自己的鼻子下方比画。

“下颚处呢？”

“哦，那儿应该是……这样的吧。”

晴明依照博雅的描述，用笔在忠治的鼻下和下颚勾勒出胡须。

“那边应该再长一些。”

按照博雅的话，晴明又修正了一番画出的胡须。

“嗯，这样应该差不多了。”

听博雅这么说，晴明搁下笔。“那么，就这样吧。”

“喂，晴明，接下来你要做什么？”博雅问。

“什么也不做。”

“什么也不做？”

“只须等待就好。”

晴明淡淡地说，将视线投向音子。

音子没有对上他的目光，而是垂下了眼帘。她的身体微微颤动着，脸色煞白。

此时，寝室内，有个东西在空中飞舞——是方才在庭中的曼珠沙华上嬉戏的那只黑色扬羽蝶。

它翩翩飞近忠治，停在他的唇上。

降落于唇瓣上的那一刻，蝴蝶的身姿消失了。

忠治睁开了眼睛。

“您醒了。”晴明对他说。

忠治慢慢坐起身，一脸茫然地环顾屋内的众人，开口道：“好渴，给我杯水……”

音子“哇”地一声，伏倒在地，泪如雨下。

那时，晴明已站起身。

“博雅啊，我们走吧。”他说，“接下来的男女之事，已不是保宪大人和我们可以解决的了……”

“不，可是，晴明……”

博雅说着站起身来，见晴明已抬步往外走，赶忙追了上去。

五

夜晚，晴明和博雅在檐廊上饮酒。

空气中已经没有夏日的气息，凉风习习。夏天好似在不知不觉中溜走了。

廊下一灯如豆，蜜虫正往空杯中斟酒。

“白天到底是怎么回事？”

博雅问晴明，仍是一脸不可思议。

“是离魂。”

“离魂？”

“忠治大人的魂魄脱离了躯体。而在他离魂的这段时间里，音子做了些手脚，使得忠治大人的魂魄无法回归。”

“做了手脚？”

“在忠治大人睡着时，将他的胡须剃了，并改变身体的朝向。”

“什……”

“古话不是说，人睡着的时候，切忌在他脸上描胡须、改变身体朝向或者突然叫醒他。”

“这是为什么？”

“人睡着时，有时魂魄会脱离躯体，游离在外。若在此时改变人的面相、颠倒头的位置，会导致魂魄无法归位。突然叫醒熟睡的人，也是一样的道理。”

“但、但是……”

“脱壳的魂魄，多半会变成蝴蝶的样子。那时飞入室内的蝴蝶，正是忠治大人在外游荡的魂魄。”

“不，我不是想问你这些。我是想问，为何音子会对忠治大人做出这种事来？”

“此事与其问我，不如问一问庭中的那位吧。”

晴明看向庭院。博雅顺着他的视线，朝庭中望去。

月光下，站着一位老者，穿着一身破旧的黑色水干，蓬乱的白发在头上肆意生长。那双黄色的眼睛正炯炯有神地看着晴明和博雅。

此人正是芦屋道满。

“道满大人……”博雅出声唤道。

“橘忠治大人一事，是道满大人您的手笔吧？”晴明问。

“哎呀，饮了人家的酒，只好接下了那女子的委托……”道满将右手扎进一头蓬发中，噌噌挠了挠，脸上浮起一丝羞赧的笑，“当时，老朽路过那附近，听到像是有人在哭，想着说不定能借机讨杯酒喝，便上前询问为何事困扰。那哭泣的女子说，无法阻止丈夫前往别的女人那里，因而伤心垂泪。”

那个哭泣的女人，正是音子。

同忠治来往的女人，住在西京。

“我心生嫉妒，想尽各种方法，以为总算阻止了此事……”

音子说，没想到忠治似乎仍在前往那女人的住处。

在谈话中，他无意间提及那个女人的近况和衣着打扮等。音子派人去调查后，果真如忠治所说。

音子怀疑两人仍在交往，但找不到迹象。

“于是，老朽受她委托调查后发现，忠治每夜都会通过离魂术，前往情人的住处。”道满微微一笑，“之后，老朽便应那女子所求，告诉了她让忠治的魂魄无法归位的方法。反正到时候只要来个阴阳师或者和尚，事情就能得到解决。听说忠治府上有人和保宪走得近，还铁定以为会由保宪出面解决，没想到会是你啊，晴明。若是来的人是保宪，还想着能敲诈他几杯美酒，也不知那家伙察觉到了什么，把事情推给你，自己倒撇得一干二净。托你的福，酒也要不到了。晴明啊，这可都怪你，所以今晚你得好好请老朽饮上几杯。”

看来，道满此番造访便是出于这个缘由。

“您可真是给人添乱啊。”晴明苦笑道。

“又有何妨？人生一世，不就是图个逍遥快活嘛。把酒满上吧！”

道满笑嘻嘻地来到檐廊上。

三人把盏，不觉酒已酣。

庭院中，秋风乍起。

犬

一

在信浓国[1]的小郡县中，住有一个名叫大伴连忍胜的人。

忍胜的家中使唤着一个年纪十二三岁的女童。那女童原是忍胜亲族的女儿，其双亲在瘟疫中染病过世后，忍胜便收留她在家里帮忙干活。

女童唤作多弥子。

多弥子住进忍胜家大约是在半年前，正值樱花盛开的季节。

那时，发生了一件怪事。

忍胜的邻居家里养着一条白狗。

白狗性情温顺，和谁都亲近。即使是没见过的人到家里来做客，也不会冲人吠叫，总是摇着尾巴往人跟前凑。

然而就是这么一条狗，在见到多弥子的刹那间，竟狂吠着做出想要攻击的样子。

那狗发狂般地叫着，龇牙咧嘴，嘶吼着面露凶相，对多弥子

① 日本古代的令制国之一，大概是现在的长野县。

怒目而视。

多弥子被吓得无法动弹。

忍胜护住多弥子，厉声呵斥白狗。此时，邻家的男人赶来制止，狗总算没咬伤或扑倒多弥子，风波才得以收场。可是说来奇怪，从来不对人乱吠，也不袭击人的狗，怎么突然就发狂了呢？

自那以后，只要多弥子一出现，白狗便狂吠不止，一副伺机扑袭的架势。而多弥子也不甘示弱，出门随身携带木棍，见那狗猛扑上来便挥棍驱赶，甚至时常主动出击，用棍打狗。

乡里传言，说在夜里，白狗总是一动不动地盯着隔壁的屋舍。

那副情形，忍胜也亲眼见过。

这究竟是怎么回事？人与人之间讲究投缘，任谁都有怎么也相处不好的对象。或许在这点上，人与狗也是如此吧。

可是，看这狗的行为和模样，感觉事情远没有那么简单。

它仿佛怀着某种恨意。若真是如此，积怨又有多深呢？

个中缘由，忍胜自然也问过多弥子。

“多弥子啊，究竟为何这狗会对你狂吠呢？”

“这个，我也不知道。”多弥子答道，“只是每次靠近它，就害怕得不得了，想要逃开……”

是被白狗威胁后仍心有余悸，还是在此之前就害怕它，多弥子自己也搞不清。

狗天性敏锐，冲着害怕自己的人和物吠叫的情况并不少见。

然而，多弥子在被白狗威胁之前，并没有留意过它，所以并不是狗见她面露怯意才冲她叫的。再说，此前多弥子和白狗从未见过，没理由在第一次看到白狗时就感到害怕。

总之，后来多弥子外出时，总有人陪同做伴，尽可能避免让白狗和多弥子单独遇上。

二

夏天，刚出梅的时节。

有位叫芦屋道满的阴阳师来到了这个小郡县。

道满栖身于郊外偏僻的破寺中。带着酒和少许果腹之物前往，便能请他卜算各项事宜。

听说他算得很准。于是，忍胜瞒着邻居和多弥子，偷偷提着装有酒的瓶子，独自出门去见道满。

“光凭描述不太好判断啊。”

道满凝神听完忍胜的话，说道。

他把手伸进一头肆意生长的乱发中，噌噌地挠着头，若有所思地说：“能否将女童和狗一同带到此处？”

道满抬起黄色的眼眸，看向忍胜。

“把多弥子和狗一起带来，实在难以办到。恐怕多弥子在来这里的路上就被咬死了。”

“那就带叫多弥子的女童一人来可好？”

“这……其实今天我来拜访一事，多弥子并不知情。若跟她说了，担心她更加对白狗之事介怀。可以的话，我不希望她知晓，还望您想个解决的办法……”

“嗯。”道满歪头想了想，“这样吧，你携一根那女童的头发和一撮白狗毛，明日此时再来一趟。”

“有些时日没喝到好酒了，吃人嘴软，总要设法帮着算一卦……”

忍胜回家后，很快就拿到了多弥子的发丝，是从她用过的梳子上取下的。

之后，忍胜借故造访邻家，临走前抚了抚白狗的脑袋，同时伸手从狗背上薅下一撮毛来。

忍胜将多弥子的发丝和白狗的毛，分别用纸包好藏在怀中。第二日，再次动身前往道满法师处。

道满正等着忍胜，身旁多了一个不知何处找来的铜钵。

他接过多弥子的发丝和一撮狗毛，将两者放入钵中，吟诵起一段类似咒文的秘语。

吟毕，道满将右手探入钵内，伸出食指，分别轻点了一下多弥子的发丝和狗的毛。

随即——

“啊！”忍胜惊叫出声。

那钵里的发丝和狗毛竟活动了起来。只见多弥子的发丝居于铜钵中央，如同蛇一般扬起镰刀状的脖子。

那一撮狗毛大约有十根，如蚂蚁般四散开来，扑向扬着镰刀状脖子的发丝。

此番景象，看得忍胜的后颈汗毛直竖。

狗的体毛和多弥子的发丝搅在一处，撕缠着，激斗着。

钵中烟雾升腾，终于噗的一声燃起青色火焰，熊熊火焰将发丝和狗毛焚烧殆尽。

“这究竟是怎么一回事？”

“不当面见到女童和狗，具体情况不得而知。现在老朽能告知的只有一点。”

“请讲。”

“绝对不要让女童和那白狗同处一地。那狗是别人家的，你也无能为力，但切记，要尽快将女童送往别处。”道满说道。

“送往别处？”忍胜看上去像是心有顾虑，微微皱起眉头。

“送不送走女童，由你自己决定。老朽不日就将离开此地，无法再过多干涉，此番算是还了赠酒之情……”

留下这句话，翌日，道满就离开了破寺，前往他处。

三

然而，忍胜并未将多弥子送往别处。

近来，忍胜越来越疼爱多弥子。多弥子也是个心思细腻的孩子，若是别人的家务没做好，她会在暗地里偷偷帮忙收拾妥当。有时其他人打扫后仍留有灰尘，多弥子见了便会默默清扫干净。有这样一个做事细致入微的多弥子在身边，忍胜倍感省心和感激。

“虽然那位法师那么说，但只要多加留心，尽量不让多弥子和那狗遇上就行吧。”

起初，忍胜因道满的话而惴惴不安，心生惧意。但一天、三天、十天过去后，他的想法就变成上述这般了。

四

转眼已入秋。

多弥子到忍胜家已有半年多，不料此时突然病倒，发起烧来。

她面色通红，咳嗽不止。身体疲乏不堪，无法随心所欲活动。

本以为睡一两日便可恢复，没想到三四天过去，仍未见好转。

到了第五天，多弥子的病情已恶化到了无人搀扶便无法站立的程度。

不知是否是察觉到了多弥子的病况，邻家的狗伏在门边，频频窥探屋内的情形。

多弥子把忍胜唤至枕边。

“老爷，看来我这病并非一两日可痊愈。照这样下去，等到我无法动弹了，那狗定会将我咬死。现在我身边有人陪同，但家中本就诸事繁忙，还要留出人手来陪我，实在愧不敢当。因此，还望您能准许我到别处去养病……”

“嗯，好，就按你说的办。”

“请您千万别让狗发现我的去处。”

“那是自然。”

当晚，多弥子就动身前往他处。

“狗鼻子灵敏，若是步行，万一狗循着留在地上的气味找来就不好了，还是乘车去吧。”

于是忍胜备了一架牛车，载着多弥子出发。目的地是约三里[①]地外，住在深山里的一户与忍胜相识的人家。

那户人家主宅的后面，有一间独立的别屋[②]刚好空着无人居住，答应在多弥子病愈前让她住在那里。

就这样，多弥子暂时居住在忍胜友人的别屋中。

五

多弥子离开后，狗似乎立刻就察觉到了。

它像搜寻气味般，一会儿翘起鼻头闻周遭的空气，一会儿又伏在地上嗅，还在忍胜家附近转来转去……

到了第五天早上，邻家来人说，狗不见了。

“各处搜遍了也没找到。”

忍胜想起前一天家里人告知的情况，顿感心惊肉跳。

“邻家的白狗来到家里，到处嗅了个遍。而且它还特地闻了被拴着的牛的蹄子的气味……”

听了这话，忍胜就一直忐忑不安。

现在狗不见了，能想到的原因不多，不会是去追踪多弥子了吧。

想必那狗当时就发现多弥子离开了。地上没有残留气味，于是

---

① 日本距离单位，1 里约等于 3.9 千米。

② 传统日式宅邸中，主屋旁另外建造的小屋。

它猜到是搭乘工具离开的。能载人的便是牛车了。

因此，狗才去闻了牛的气味……

可是，一条狗能想到这么多吗？虽说没下过雨，但就算鼻子再灵，仅凭几日前的牛蹄的气味，能追踪到去向吗？

说不定能追踪到。

不，应该是可以追踪到的。

那不是一条普通的狗。

忍胜当即动身，赶往多弥子寄居的友人家中。

六

忍胜行至半途，迎面快步走来一个人，脸色煞白，正是那位友人。

“啊，你来得正巧。我正打算去找你。”

听忍胜这么说，友人也道：“刚好碰上了，其实我也正要去找你。”

友人的声音发颤。

“发生什么事了？”忍胜问。

“昨晚，发生了可怕的事情。”

友人说着，仿佛又想起了那可怕的情景，浑身直打哆嗦。

昨晚，他在睡梦中，被某种响动惊醒了。

从别屋的方向传来像是有人在厮打的声音。

似乎有东西翻倒，伴随着墙壁被物体撞击和搏斗的声音。

别屋中，好像有人在争吵。

能听到野兽的吼叫，而且打斗的动静和野兽的吼叫越来越响。

其中又夹杂着人声，远远地传来。

“一百二十四年前，你在丹波夺我性命，杀我妻儿！”

“莫非你是那时的男人？”

是两个男人的声音。

嘶吼声和争执声越来越响，越发激烈……片刻后戛然而止。

别屋陷入一片死寂。

当晚友人太过惊恐，没有前去查看情况。

“多弥子啊，多弥子，发生什么事了？”

天亮后，友人在别屋门口喊话，无人应答。

他畏畏缩缩，不敢看屋内的情况。

“因此想着先把此事告诉你，正准备来找你。”

“不管怎样，先去你家看看。”忍胜说。

来到友人家，忍胜站在别屋前，唤道：“多弥子啊，是我，忍胜。昨晚那狗不见了，我担心你，所以来看看你。”

屋内没有回应，忍胜提心吊胆地走进去一看，那白狗和多弥子都已死在房里。

一人一狗均四肢着地，用利齿死死咬住对方的身体，拼死缠斗至气绝身亡，那幅情形十分凄惨。

不知多弥子和那白狗之间有何种宿世的冤仇，当初若是遵循那位叫芦屋道满的阴阳师的指示就好了。

往后的日子里，忍胜总时不时地这般嗟叹。

土 狼

一

第一个被吃掉脚的是藤原法之的仆役，一个叫侘助的男人。

时值深秋，侘助奉主人法之的命令，前往住在六条的和法之交往的女人家。并无甚要紧事，只是法之本打算当晚前往留宿，不料突然腹痛，便差遣侘助将告知无法前往的信函送至女人处。

意外发生在侘助的归途中。

秋日将尽，月色清明。走在暗无灯火的街头，也足以看得清前面的路。

借着月色，侘助沿西洞院大路北上。

他走过五条大路，正要穿过通往四条大路的十字路口时，左脚的脚心突然传来刺痛感，他不慎踩到了尖锐的小石子儿。

“痛啊！”

他不得不强忍着痛楚，驻足停留。

侘助的脚板皮糙肉厚，往常踩到石子儿根本不当回事。但这次的小石子儿是从大块的石头上掉落的碎石，破裂处十分尖锐，正戳中脚心。

佐助在原地缓了片刻，等待疼痛过去。没多久，疼痛缓和了点，他又迈开步子，走过了四条大路。

三条大路近在眼前，佐助却又停下了脚步。并非踩到石子儿的伤处又痛了起来，而是因为他听到了声响，像是野兽在啼泣。

嗷嗷嗷嗷嗷嗷嗷嗷……

呜嗷呜嗷呜嗷呜嗷……

那是何物？

听着有些近似犬吠，又似牛鸣，但并非这两样东西——话虽如此，一时也辨不出是何种野兽在嘶吼。

那是令人毛骨悚然的声音，仿佛是从地底深处传来的震响，听起来像在悲鸣……

就在此时，电光石火间，佐助突然身体往后仰，摔倒在地。

在一片漆黑中，感觉有什么东西重重撞上了自己的左脚。

是狗吗？！他想。

刚才疑似兽吼的声音，果然是狗发出的啊。想来是那狗在夜路上横冲直撞，猛地撞上了左脚，导致自己一个趔趄摔倒在地。

不过这撞过来的力道还真是大，左脚发麻，瞬间失去了知觉。

佐助顺势坐在地上，伸手去摸自己的左脚。

空的。

在本应是左脚的地方没摸到脚，却沾了一手温热的液体。

他把手凑到眼前细看，掌心被黑漆漆的东西弄湿了一片。喘了两口气，他才看出来，那是血。

他的左脚没了。

从膝下七寸到脚尖，变得空无一物。

等他反应过来，那慢了半拍的剧痛终于汹涌袭来。

佐助发出了第一声撕心裂肺的惨叫。

二

第二起事件，发生在五天后。

同样在一个夜晚，满月刚过两天，明月皎洁地挂在天边。

这回被吃掉脚的，是一名人称丹波黑牛的盗贼。

丹波黑牛不知从何处了解到，藤原经之每隔两日就会去家住西京的女人处过夜，所以打算偷袭他乘坐的车辇。

长刀在手，白刃已出鞘。

“停车！”

丹波黑牛拦在车前。月光照在他手中的长刀上，刀刃青光森冷。赶牛童见状，“哇啊啊”地大叫着弃车而去。

车上还有一名侍从，那人忠心护主，拔出长刀朝黑牛砍去。

黑牛堪堪挡住来刀，顺势往一侧劈去。

“锵！”

黑牛大喝一声，长刀贯入侍从的左肩，鲜血喷涌而出，黑牛右侧的大腿到脚部溅上了一大片血迹。

侍从负伤，动弹不得。

黑牛将躲在车里的经之一把拽下，扒去他的随身衣物，夺了侍从的长刀逃之夭夭。

他沿着三条大路向东狂奔，出西洞院大路后右转。就快穿过四条大路时，他停下了脚步。

和侘助一样，他也听到了似兽吼鬼泣的声音。而且，他也分不出是什么野兽在咆哮。

紧接着，黑牛突然猛地向前扑倒。迈出的右脚陡然一空，倒在地上。

黑牛遭袭的前一刻，还在警惕地环顾四周，试图分辨是何物在嘶吼。

“啊哇哇！”转眼间，他已惨叫着倒地。

尽管失去了右腿，黑牛还是拼命地爬起来，躲进附近的祠堂里。他想尽办法止血，但到第二日早上，还是因失血过多无法动弹了。

官府接到藤原经之的报案，一大早派人在事发地周边搜查，在祠堂里找到了黑牛。

此时黑牛已奄奄一息，向赶来的官员说完事发经过后，当场断了气。从腿部的伤口来看，无论是侘助的左脚，还是黑牛的右脚，都留有野兽的齿痕。而且，在城中也没找到断足，由此推测，应是被某种野兽吃掉了。

三

“唔，那个是两天前的事情吧。”

晴明对博雅说道。

晴明口中的“那个”，是指丹波黑牛之死。

“哎呀，真是吓人。”

博雅手中盛有酒的杯盏停在半空，喃喃道。

“确实……”晴明点头。

晴明宅邸的檐廊上，天色尚早，晴明和博雅已经开始饮酒了。

正午的阳光下，菊香盈鼻。

遍地丛生的秋草间，已听不见虫鸣。

“不过，晴明啊，你怎么又跟我提起这件事了？”

“嗯，我有一点猜想。”

“猜想？”

“我接到一个无法拒绝的委托，而且感觉这个委托和最近的两件事之间有着千丝万缕的联系……”

“什么委托？”

“博雅，你听说过平广盛大人的传闻吗？”

“平广盛大人……是那位大人吗？大约半年前，他夜深入眠后察觉到家中有贼人入侵，没有惊动府上其他人，独自起身将其斩杀后，又回到睡榻上沉沉睡去。听说第二日，府上之人看到那贼人的尸首，都大惊失色。”

“正是。”

“那位平广盛大人出什么事了？”

“别急呀，博雅。听着，是这么回事。”

随后，晴明开始了讲述。

四

广盛命人把被他斩杀的贼人的尸体，埋在府上的庭院里。

府上的眷属，对此显然是不愿意的。

“没什么大不了的。若要抛尸别处，还得把它运过去，也费时费力。庭中种着松树，埋在树的根部，松枝还能长得更茂盛些。”

广盛如此说道，他向来不拘小节。

然而，府上之人却十分不安，总觉得阴森森的。

“万一它变成厉鬼，出来作祟怎么办？”

“没什么可担心的。就算化成鬼出来，那也是冲着我来的，要报复的是我。真到那时候，我就再杀它一次。”

广盛是一家之主，他都这么说了，其他人只好听命。

于是，那贼人的尸体就被埋在了松树的根部。

之后倒也没发生什么怪事，只是事发三个月后，广盛变得易怒起来。一些细枝末节的小事也会让他大动肝火，甚至动手殴打家仆。

与此同时，到了夜间，会听到不知从何处传来的，像是野兽悲呜的声音。

嗷嗷嗷嗷嗷嗷嗷嗷……

呜嗷呜嗷呜嗷呜嗷……

空闻其声，不见其状。

以为是从上空传来的，它又变得像是从地底响起的；以为是从西边传来的，但朝向西面时，声音又从东侧飘来。

有时，甚至觉得那声音是从屋宅的地板下发出的。

那嘶吼声如泣如诉，如怨如怒。

“是不是那个贼人在地底下作祟？”有人窃窃私语。

人心惶惶之际，又生出事端。

一名侍女在伺候用广盛早餐的时候，不慎将热水泼到他身上。广盛勃然大怒，将侍女斩于刀下。

“埋到那棵松树下。”

下人在埋有贼人的松树根部挖了个洞，把侍女埋了进去，并告知侍女的家人，说她染上瘟疫死了，事情就这样轻描淡写地过去了。

自那侍女被埋到松树底下后，有段时间听不到兽吼声了。然而近来，那声音又出现了。此时距侍女被杀已将近三个月。

广盛的脾气也越发变得暴躁易怒。

就在昨天，广盛见庭中有落叶，竟怒从心生，拔剑就要斩杀负责清扫庭院的下人，刚好被其父平正之撞见，这才制止了他。

广盛的父亲正之是一员猛将，曾在将门之乱时期，前往东国镇压叛乱，战功赫赫。广盛再怎么狂暴，也被他压制住了。

正之将广盛绑在房柱上，以防他继续肆意妄为。

“父亲大人，你这样对我，我是不会善罢甘休的！

“我要把这府上的人全部杀掉埋了！”

广盛不断叫嚣着。

尽管他生性狂躁，但如此口出狂言，着实有点不太对劲……

五

“事情就是这样。今天早上，平正之大人派人前来，问我能否想想办法……”晴明说。

“唉，想必正之大人也心中不得安宁，亲生儿子变成那样……”博雅叹了口气，将饮尽的杯盏搁在廊上，问道，“所以，你去吗？”

“嗯，去。”

“何时前往？”

“明日。”

“明日？不是今日吗？”

“在考虑一些事情，需要做些准备。”

“准备？”

“嗯，明天应该能备齐。”

“等一下，晴明。听你这口气，你已知道是什么在作祟了吗？”

“多少知道一点。”

“什么意思？”

“我开头不是说过多名男子的脚被吃掉的事嘛。其实，事发地点就在西洞院大路，也就是广盛大人宅邸前……”

“什么？！”

“到了明日，一切都会真相大白的。”晴明说。

“唔，嗯。”

“怎么样，博雅，你去吗？”

“去、去哪儿？”

“广盛大人的府上啊。”

“噢。”

“去吗？”

“唔，嗯。”

“那明日一同去吧？”

“走。”

“走。”

事情就这么定下来了。

六

抵达位于西洞院大路的平广盛宅邸后，晴明首先走到那棵松树下，让人掘开树根旁的土。

从树下挖出了两具白骨。一具是半年前被埋的贼人的白骨，另一具是三个月前被埋的侍女的骸骨。

不可思议的是，两具尸体竟都已彻底变成了白骨，没有任何腐肉或内脏残余。且不论半年前掩埋的盗贼，三个月前埋下的侍女的尸体，肉身竟然这么快就回归尘土，实在不合常理。

更不可思议的是，尸身入土时明明衣着整齐，而如今那裹在白骨上的衣衫像是被撕裂过，破烂不堪。

此外，两具白骨上到处都留有野兽的齿印。若是狗掘出尸体食肉剔骨，很难想象它还会把白骨埋回去。若说是人所为，白骨上也明显不是人的齿印，何况正常人为何要去做这种事情？

要说嫌疑人，最可疑的是广盛，但料想他也干不出这种事。

众人皆惊疑不定，唯有晴明像是想通了某事般点了点头。

“晴明，这究竟是怎么回事？你若是知道点什么，不妨说来听听。”博雅说道。

“晴明大人，犬子出现何种异象都和此事脱不开干系，是吧？”

正之话音刚落，有家仆前来禀报：“方才有人送来一物。”

“什么东西？”正之问。

“来者若是号称二本弓狮子麻吕的猎户，那是受我委托而来。”晴明说道。

“怎么回事？”博雅问。

“昨天我不是跟你说，所需之物要到明天才能准备齐全吗，现在万事俱备了。”

送来的是头看上去中箭不久的死猪，被驮在马背上运到府上。

尸身共有两处箭伤，胸口和颈部各中一箭。

二本弓狮子麻吕原名叫狮子麻吕。此人总是一弓两箭，两箭齐出，同时命中，故而人称二本弓。

“晴明大人，按照您的吩咐，在下将这头刚射死的猪运过来了。您说鹿或猪都行，我最先猎获的是这头猪……”

狮子麻吕说着牵马走近，马背上驮着死猪。

“竹笼也已编好，您看这大小是否合适？”

狮子麻吕背着一个大竹笼，目测装下一个成年人绰绰有余。

“大小正合适。”晴明点点头。

七

准备事项就交由狮子麻吕完成。

他在那棵松树上选了一根尤为粗壮的枝干，将死猪用绳子捆住，倒吊于其上。

“好，已经准备妥当，接下来能做的只有等待了。”

晴明说话时已是日落时分，天色渐沉。

“太阳下山了，时机正好。”

“晴明啊，什么时机正好？”博雅问。

“答案马上就要揭晓了。”晴明笑而不答。

篝火熊熊燃着。火焰的光亮映照着倒吊在松枝上的死猪。

血啪嗒啪嗒从猪的鼻头滴下，没入六尺下方的泥地里。

此时，周遭已完全暗了下来，夜空中闪着星光。

暗处隐隐飘来菊香。

“快要来了。”晴明喃喃。

“什么要来了？”

正当博雅询问时，不知从何处响起一阵兽吼。

嗷嗷嗷嗷嗷嗷嗷嗷嗷呜……

呜嗷呜嗷呜嗷呜嗷呜嗷……

辨不清声音是从何方传来的。不是右边也不是左边，并非前方也并非身后。

在黑暗中的某处有某种生物在哭嚎。

嗷嗷嗷嗷嗷嗷嗷嗷吼……

呜嗷嗷嗷嗷嗷嗷嗷吼……

声音越来越大，越来越近。可到底是从哪个方位传过来的呢？

“晴、晴明。”

“博雅，它来了。”

晴明凝视着庭中的一处。目光所至，是从猪鼻头滴下的血没入的泥地。

幢幢火光下，泥地上晕染开一片黑红的血渍。

“准备好笼子。”晴明吩咐道。

“是。”狮子麻吕抱着笼子，站在倒吊着的猪旁边。

平正之和府上的下人们或是盯着晴明，或是顺着晴明的视线看向地面，不知接下去会出现什么状况。

“晴明，会发生什么事？”博雅问。

“来了。”

晴明话一出口，只见那浸渍着鲜血的地面竟蠢蠢欲动起来。

下一瞬，它出现了。

那是一张血盆大口，是野兽的嘴，有两排利齿獠牙，以及血红的舌头和鼻子。它从染血的泥地里破土而出，身形急遽变长，朝上方一跃而起，咬住了猪头。

它紧紧咬住不放，整个身体悬挂下垂。

原来是只体形如大型犬的野兽。它遍体覆着长长的黑色兽毛。

令人不寒而栗的是，那野兽没有四肢和尾巴，也没有耳朵和眼睛，只有嘴巴和鼻子。

它咬住猪头不松口，就这样把身子挂在上面，啃食起来。

咯吱、咯吱——

传来大口咀嚼血肉的声音。

嘎嘣、咔哧——

伴随着骨头被咬碎的声音。

此情此景着实令人胆战心惊。

旁观的人不由得纷纷往后缩，唯有狮子麻吕一人往前走去。

他将手中的笼子放在野兽的下方，随后抽出佩于腰间的砍刀，白刃划过，“扑哧”一声，吊着死猪的绳索应声而断。

那野兽和猪一起掉进笼中，发出重重的声响。

落入笼中的野兽竟还在啃食死猪。

“这、这是？”平正之尖声问。

“是土狼。”晴明答道。

“正是此物附于广盛大人身上，唆使他杀人埋于地下，成为它的祭品……”

八

“所谓土狼，是土精的阴态。”

第二日午间，晴明坐在位于土御门大路的宅邸的檐廊上，向博雅解释道。

昨夜晚归，一觉醒来，比平日稍迟用过早餐后，两人便坐下闲聊。

蜜虫端坐于两人身侧，却没有备酒。交谈间无酒相佐，对此二人来说，倒是稀奇。

庭院中的枫树红叶尽染，在弥漫着菊香的空气中悄然飘散。

“土精原本无形无心，在不同情况下，也可能变作土龟、土螟。有时也会像这一次那样，变作土狼把人牵涉其中……”

“人？你是指平广盛大人吗？”

“嗯，就是这么回事。土精就算长出心魄来，也只是聚拢在虫类尸骸边的微小生物。有猫狗的尸体被埋入土里，那些细小的生物就往尸骸上聚拢、啃噬，从而汇聚成某个成形的生物。想来半年前，广盛大人埋下的贼人尸身碰巧被土精所食，才异化成了那样的形态。”

“那样的形态，你是说土狼吗？”

“是的，长到那么大，光靠虫蚁的尸骸已难以果腹，饥饿难耐，于是它附在广盛大人身上，借他之手杀人埋于那松树下……”

“嗯，说得有理。不过，晴明啊，你是在什么时候察觉到的？”

“侘助和丹波黑牛的脚，是在西洞院大路附近被吃掉的吧。我听闻后，就想是不是土狼干的。侘助当时是裸足受伤，而丹波黑牛的脚上溅上了他人的血污。饥肠辘辘的土狼被那血腥气引来，把他们的脚吃掉了。”

“嗯……”博雅听了点点头，又喃喃道，“可是，且不说那贼人，广盛大人还杀了一个人啊……”

“嗯。”

“接下去会怎么样呢？”

后来，篝火的熊熊火焰将土狼连带笼子一同焚尽了。

平广盛也恢复了正常，但正如博雅所说，事情远没有解决。

“平正之大人会怎么做，已经不是需要我们考虑的了。接下去的事情只能由正之大人去处理。”晴明说。

“是啊。”

“饮一杯吗，博雅？”

“好。”

“再有不到十日，就会降下第一场雪吧。漫漫冬日到来前，听着你的笛音，把酒赏红叶，似乎还不错。”

话音落下，晴明的吐息已凝成了白雾。

墓 穴

一

土御门大路，安倍晴明的宅邸。

桃花的花期将尽，樱花凋谢却尚有时日。

庭院各处的土壤里，喷涌而出的绿意正窸窸窣窣地冒出头来。虽远远谈不上漫山碧透，光是初生的新绿那蓬勃动人的生命力，就让人怎么也看不厌。

繁缕草已青翠欲滴。

宝盖草和婆婆纳草花开点点。

野萱草的枝叶还很纤弱，一朵浅浅淡淡的白花静静立在枝头。

此情此景，用早春二字来形容，最贴切不过了。

晴明和博雅坐在檐廊上，一旁燃着火盆。两人边饮酒，边观赏着庭院中的景致。

佐酒菜是烤鱼。

从琵琶湖中捕捞上来的香鱼用扦子穿起，放在炭火上烤着吃。

刚烤熟的鱼的香气，融入煦煦和风中。

烤得很透，所以整条鱼从头至尾都可下咽。

博雅捏着鱼尾取下扦子，从鱼头一点点咬下去。

“啊，这条有鱼子。”

被咬开的香鱼腹部，黄色的鱼子清晰可见，吮入口中，哗地破开，嚼起来有淡淡的回甘。

“吃过不少香鱼，这次的却格外美味。”

“这是从近江筱原捕获的香鱼。”晴明刚饮完杯中酒，唇色殷红。

香鱼是一种常见于琵琶湖的小鱼，到了春季，为了在浅滩的芦苇丛中产卵，会群聚到岸边。筱原的人们用网把它们捕捞起来，炙烤食用。

“那位以鸬鹚捕鱼为生的千手忠辅，认识一名住在筱原的渔夫，名叫鲤麻吕。每年这时候，鲤麻吕都会分一些香鱼给他。这就是分得的鱼。”

晴明口中提到的千手忠辅，就是在黑川主一事中，受过晴明帮助的那名鸬鹚匠。

“是这样啊。”博雅点点头。

“所以，明天得出一趟门了。”

“去哪儿？”

“住在筱原的鲤麻吕那里。”

“去做什么？”

“筱原一带似乎有什么不寻常之事。鲤麻吕通过忠辅，拜托我去想想办法。”

“拜托什么？”

“嗯，那个，要拜托我去做什么，其实我也不太清楚。”

“什么?!”

“不过，关于那件不寻常之事，我已经基本了解了。”

“这是为何？”

“从鲤麻吕派来送香鱼的人那里，听说了事情大概。”

“那，出什么事了？”

“嗯，听好了，博雅，是这么回事……”

接着，晴明开始讲述事情的经过。

二

美浓国有个名叫清鹌的男人。

他生于美浓国，十年前背井离乡，到京城某个显宦府上当差。

这十年间，他没回过一次家。后来偶遇一位从美浓国来京的旧相识，得知自己留在家乡的母亲得了重病，危在旦夕，说不定已经离世了。

听了消息，他归心似箭，向主人讲明事由，请好假踏上归途。

从京城出发，经粟田口、越逢坂山、出大津，走过濑田川上的桥时，日已西斜。

等他走到近江国的筱原一带时，已是日暮时分，天色渐暗。右手边的三上山方才还清晰可见，如今已被暮云遮挡。左手边的湖面在一片蒙蒙暗灰中泛着水光，而那朦胧的光亮也在渐渐隐去。

天下起雨来。雨丝细如针，冰冰凉凉。

正是初春时节，太阳一下山，寒意很快侵来。

原本打算露宿一晚，可没想到会下雨。

这杳无人烟的荒野上，附近找不见可落脚的民宅，愁眉不展之际，他发现了一个墓穴。

这墓穴看上去十分吓人，不禁猜想里面居住着鬼怪，奈何他实在挨不过雨水和刺骨寒意，便钻了进去，打算将就着熬一晚。

洞穴入口处透风不御寒，走到深处，倒是意外地宽敞。

洞口附近还隐隐有些亮光，走到里面后，伸手不见五指。

有一处像是铺着一层干树枝，他在那儿坐下，头靠在土墙上，很快便睡过去了。

迷迷糊糊间仿佛听到有声音，他睁开了眼。好像有什么人进到了墓穴里。

半夜三更，怎会有人进到墓穴里，必定是鬼怪。清鹎屏息静气，压低身子蜷缩于暗处。

气息越来越近了。

啊，自己会不会就这样，在这个墓穴里被鬼吃掉？至少死之前，想再见母亲一面啊。

他正想着，那不断逼近的气息忽然在近在咫尺的前方停住了。

啪嗒，听到什么东西被放下的声音，接着感觉有人坐了下去。

来者是人吗？！清鹎暗忖。

难道也是赶路人？和自己一样要前往某地，行至半途见天色已晚，又下起雨来，为避雨才躲进了这墓穴中？

但即使是这样，也无从证实那不是鬼怪。

就算是人，万一碰上的是盗贼之徒，也会被抢夺随身物品，甚至可能性命不保。还是继续屏息藏好为妙。

清鹎听到那来者在一片漆黑中窸窸窣窣捣鼓着什么。

接着，黑暗中传来咀嚼声。

嘎巴、嘎巴……

估计是肚子饿了，那人吃起随身携带的干粮来。

清鹎也随即感到饥肠辘辘。之前累得昏昏沉沉，此刻才想起来，自己一路上什么也没吃。

袋中装着两个手握的干饭团，倘若现在拿出来吃，自己可能会暴露。即使对方不是鬼是人，事已至此，清鹎还在迟疑该不该出声。

怎么办呢——

正想着，清鹎猛咽了口唾沫，喉头动了一声。紧接着，腹中也传来咕噜咕噜的声音。

对方的咀嚼声停了。

难道自己被发现了？

一片漆黑中，他感觉对方正盯着自己的藏身之处。

虽然对方也收敛了气息，但仍能感受到那竭力压抑的吐息。

终于，清鹤憋不住了。

“喂。”

他刚一开口，只听洞内响起一阵刺耳的尖叫声。

“咯呃呃呃呃呃呃呃！”

对方大叫着冲出了墓穴，不知跑到哪里去了。

清鹤也被吓了一跳。因为对方先惨叫起来，才把他没出口的惊叫压了回去，不过他还是吓得险些瘫坐在地上。

清鹤就这样在暗中待了片刻，调整呼吸，从方才的气喘吁吁中渐渐平复心绪。等平静下来，他才有闲心去想刚才发生了什么。

那个在黑暗中吃东西的人，一定是把自己当作住在这墓穴里的鬼神了，所以才会惊慌失措地逃出去。

清鹤转念一想，那人逃走时东西正吃到一半，应该还有剩下的。运气好的话，说不定还有没来得及带走的财物。

要是落下了贵重物品，也许过段时间会回来取，不过起码也要等到天亮之后，今晚是不可能回来的。

这么一来，只要明天早早起身离开墓穴，就能将那家伙遗落之物统统收入囊中了。

清鹤心中窃喜。至于那家伙到底遗落了些什么，等到天亮之后再看也不迟。现在首先要解决温饱问题，其他的，等天亮再说。

打定主意，清鹤摸黑匍匐向前，靠近那人不久前待过的地方。

嗯，应该是这里吧。

伸手摸索一番，指尖碰到了一物。

应该是那个逃走的家伙刚才在吃的东西。他拿起来塞到嘴里。

像是肉块，而且是没有用火烤过的生肉，但也不算难以下咽。不，应该说味道还不错。

他在附近找了一圈，又发现四块，吃了个干净。之后困意袭来，又倒头睡了过去。

一觉醒来，已是早上。

借着从墓穴洞口照进来的光，他看到有什么东西滚落在泥地上。定睛一看，是一条人的胳膊。

朝墓穴深处一看，人的骸骨叠了好几摞，数不清有多少具。

昨夜以为是枯枝的东西，竟是这人骨。昨夜自己吃的，是这人腕上的肉啊。

清鸭听到自己口中发出歇斯底里的惨叫。

他当场便“呃呃”地狂呕起来，边吐边听到来自喉咙中的尖叫声。

三

“那天早晨，捕鱼归来的鲤麻吕，碰巧撞见了在筱原村外游荡的清鸭。”晴明对博雅说道。

鲤麻吕看到清鸭后，跟他打招呼：“哎，赶路人。”

没想到清鸭转头看到鲤麻吕的脸，竟当场昏了过去。

“这是怎么了？”

鲤麻吕把昏倒的清鸭背回了家，安置于卧榻上。清鸭仍昏迷不醒，嘴里不断说着胡话。

“是鬼……要被鬼吃掉了！

“我也吃了……

“是人肉！

“我叫清鸭。

"啊啊，难受……"

仔细听辨后，把这串胡话连起来理解，就是如此。

"刚才我说的，应该就是那个叫清鸭的男人所遭遇之事。"晴明说道。

那日，鲤麻吕伸手去探清鸭的额头，发现他在发烧。

他浑身通红，呼吸急促，痛苦地喘息着，口中还呻吟着头痛、想吐……

见他发着烧，鲤麻吕便用冷水沾湿毛巾敷在他额头上，想先帮他退烧，然而迟迟不见好转。

"往年，鲤麻吕都是亲自把香鱼送到千手忠辅处，这次因为担心清鸭，就托别人带去了，并借机告知了此事，问忠辅认不认识能治好病的医师……"

"所以忠辅就提了你的名字。"博雅说。

"正是如此。今天在你来之前，忠辅和鲤麻吕的两个手下已经来过了，希望我帮忙解决此事。"

"如何解决呢？"

"若清鸭呓语中所言是真的，那就说明村子附近有食人鬼。希望我想办法对付那食人鬼，以及救回清鸭的性命吧。"

"原来如此。"

"嗯，所以我就想着，等你来了，佐着香鱼饮上一杯，像这样把事情跟你讲一遍，然后就差不多该出发了。"

"出发？"

"是啊。"

"去哪儿？"

"当然是去近江筱原。"

"现在就去吗？"

"明早动身。之前吩咐吞天去找的草药，到傍晚应该能拿到了。

明早出发的话，下午就能到筱原。”

“噢。”

“怎么样，博雅，你去吗？”

“我，我也……”

“是呀。”

“可是……”

“意下如何？不用勉强。”

“唔、嗯。”

“怎么样，去吗？”

“嗯。”

“走。”

“走。”

事情就这么定下来了。

四

牛车在穿过粟田口后停了下来。

两人下车，徒步出了大津，跨过濑田川上的桥。

快到筱原时，碰到了前来迎接的鲤麻吕。三人决定先去那墓穴一探究竟。

一行人渡过野洲川。

野洲川汇入琵琶湖，是筱原一带最大的河流，水势凶猛。每年夏季至秋季，易发生泛滥，所以沿岸没有住家。三人走了片刻，望见右手边的一片芦苇荡前方，有一座山丘。

这一路上，彼此寒暄后，已经了解了大致的情况。

“出事的墓穴，就在那里。”鲤麻吕指着山丘说道。

“如您所见，是个十分偏僻的古墓。自古就传说那里住有鬼怪，所以谁也不敢靠近。”

三人走进墓穴。

洞口狭小，要弯腰钻入。

和传闻中一样，往里走就变得宽敞起来。

白日当空，靠从洞口照进来的光线，勉强看得清四周。

一条人的胳膊，从洞穴深处滚落到他们跟前。只有一小截还连着皮肉，大半只剩白骨。那肉已经腐烂，恶臭在墓穴中弥漫。

他们走到深处，看到一座用白骨堆成的山。

骨骸上的血肉丝毫不剩。粗略数了一下，目测有十二个人的头骨。若是拨开骨堆，或许还有埋在下面的，但还是放弃了。一挪动骸骨就有蜈蚣爬出来，令人作呕。

“这实在是……”

博雅皱着眉头，用衣袖蒙住口鼻。

被丢弃的骨头上，就算原先还剩有一点肉，也都被虫蚁和蜈蚣啃噬光了。

仔细观察，人骨上似乎有受过伤的痕迹。

“差不多就到此为止吧。”晴明说。

三人走出了墓穴。

“看来这段时间，我会常常梦见此处了……”

博雅沐浴在明晃晃的阳光下，松了口气般说道。

五

清鹌躺在鲤麻吕的家中。

家里人把湿毛巾敷在他额上，悉心照料着他。

清鹌满脸通红，呼吸不再急促，开始变得微弱。

晴明伸手在清鹌的身上探诊了一番，说道：“看起来他没有被附身。”

“如果我想得没错，请不要再给他降温，赶快让他暖和起来。”

听了这话，家里人赶忙撤下清鹎额上的毛巾，往他身上盖了好几件上衣。

此时晴明从怀中取出一个纸包。打开后，里面装着几种草药。

“这是我让吞天采来的。才入初春，所以找起来花了一番功夫。不过有了这些，也暂且够用了。”

“这些是……”博雅问。

“药草，一会儿用来捣药的。”

“药？”鲤麻吕疑惑不解。

“我需要石头。”晴明对鲤麻吕说，“一大一小，两块就够了。大的那块最好扁平一些……”

晴明言简意赅地描述了各项要求。

很快，鲤麻吕从庭中运来了石块。依晴明的吩咐，有一块孩童拳头大小的圆石、一块成人手掌大小的扁石。

晴明在扁平的石块上铺好草药，再用圆石捣碎。

研磨之中，渐渐淌出墨绿色的、称不上是液体的糊状物，晴明把它们盛进素陶杯里。

“可以了。”

晴明用指尖撷取一撮，放入仰卧着的清鹎口中。

“早中晚一日三次，就像我刚才所做那样，把药喂给他。”

“好的，定会照办。不过，请问这是什么药？”鲤麻吕问。

“还是等药起效后，再告诉你吧。若如我所料，应该是没有问题的，到傍晚就能见分晓。”

“这样啊……”

“接下来，还有一事。”晴明再次看向鲤麻吕，“请问近年来，这附近有没有下落不明，或是突然不见了的人？”

“近年是指？”

“从五年前至今。”

“呃？”鲤麻吕正歪着脑袋思考，一旁的博雅插话问道：“晴明，你是说那墓穴中的遗体，是这附近的居民？”

还没等晴明回答，鲤麻吕便说道：“没有。倒是有生病去世，或是出远门还没回来的。但您说的那种情况，据我所知没有。”

鲤麻吕看向四周，在场的村民也认同他的话：“确实如此。”

“那么，近年来，有没有从某天起突然不见了，难得才会露面的人？出现在人前时，总是挡住身后或是遮着双脚……”晴明又问在场的众人。

“野洲川的泥鳅婆婆不就是这样吗？”一位男子说道。

“这么一说，确实……”

“以前，泥鳅婆婆下水捞泥鳅时，都会掖起衣摆。可这段时间她蹚水时，总是把粗草席缠在身后。对了，走路时，她腰上不也裹着粗草席吗？”

“哦哦，对哦。”众人纷纷说道。

“那位泥鳅婆婆是……”晴明问道。

“是住在野洲川、以捞泥鳅为生的老婆子，老伴大约五年前去世了。自那以后，她就独自下到河里，用畚箕拨开河底的淤泥，捕捞泥鳅。有时也抓些河蚬、鲢鱼、小鲫鱼、鳗鱼等，把它们拿到集市上卖了，或是煮食，或是晒成鱼干。老婆子身子还算利索，就这样一个人凑合着过下去……”

“她丈夫是怎么去世的？”

“五年前的夏天发大水，被水冲走了。真是可怜，连尸体也没找见，现在大概已经沉到琵琶湖底了吧。自那以后，老婆子就一个人下河了……”

“她住在哪里？”

“在野洲川河口附近搭了间小屋，住在里面。那处就算不是夏天的涝季，一下起雨来房子也会渗水。村里人多次劝她搬到别处，她却说住得时间长了，习惯了……”

“有孩子吗？”

“没有。”

“不管怎样，能先带我们去那位老婆婆家看一看吗？”

“当然可以。”鲤麻吕说。

六

衰败的苇塘间，微微隆起的土埂向前方延伸。

土埂间，婆婆纳草、宝盖草等春天的草木正在发芽。

一间孤零零的茅屋戳在一片芦苇荡中。

茅屋的另一边，琵琶湖波光粼粼。

经过茅屋，再往前走一小段，就是野洲川。

走到近处一看，茅屋简陋不堪。

从漂流而下的木材里捡了长度接近的四根分成两组，前端对齐用绳子绑起来，一前一后立好，把漂流木架在上面当屋脊。再在左右两侧搭上几根浮木，铺上茅草，就成了眼前这间带顶的屋舍。

屋子的左右没有筑墙。

屋子后方堆着像是从河滩捡来的石块，用来挡风。硬说那是墙的话，也勉强称得上吧。

屋前也堆着挡风的石塀，看着像出入口的地方垂挂着粗草席。

尽管用泥填堵了那石堆的缝隙，但看上去根本抵挡不住冬日的寒风。

“阿婆，在吗？”鲤麻吕在门外喊道。

里面没有人回应。

“是我，鲤麻吕。”

他走近挂着粗草席的门前，又叫了一遍，还是无人应答。

“我进来了。”鲤麻吕伸手去碰草席。

“别进来……”有声音传来。

嗓音低沉嘶哑，与其说是人的声音，听上去更像是兽吼，非常瘆人。

鲤麻吕的手仍搭在草席上，他转头看向晴明，一脸不知如何是好的表情。

晴明冲他点点头，示意交给自己处理。

“在下安倍晴明，从京城而来。此番拜访是想向婆婆打听些事情。”晴明说道。

“别来烦我，不管你是谁，不管是不是来自京城，我都不见。”

晴明站在原地，抬起右手搭在额前，透过草席向屋里望去。

“果然啊……”晴明自言自语。

“什么果然？”站在他身旁的博雅轻声问道。

“屋里的这位，可以说是似人非人。”

“什么?！”

博雅正吃惊时，晴明已掀起了草席。“我们进来了，打扰。”

“轰！”从里面发出一种说不上是尖叫还是咆哮的声音。

三人进到屋内。室内陈设极为简陋。

土间[①]里，垒成环形的石堆上架着一个缺口的瓦罐。这简易石灶中寂寂燃着火，煮着瓦罐里的汤汁。

一旁堆积着木柴，像是从河滩捡来的漂流木。

角落里放着畚箕。里间铺着厚厚的芦苇，像是睡铺，上面有一个白发女人，正蜷着身子，弯腰呈半蹲状瞪着门口。

---

① 日式传统民居中不铺设地板的空间，常作为厨房或作业场所使用，靠近房间入口。

她的瞳孔闪着幽幽的青光，脸上布满干裂鱼皮般的皱纹，双眸深埋在纵横的沟壑间。

她衣衫褴褛，胯上缠着粗草席。

“出去，没什么好说的。”白发女开口道。

那一头白发像是许久没有梳理过了，如海藻般恣意四散生长。

“还请听我说……”

晴明说着，往前踏出一步。

刚踩下去，只听“啊——”的一声大叫，晴明立刻收回了脚。

“别踩那里！别踩！”白发女——泥鳅婆婆叫道。

“这是……”

晴明低头看看收回的左脚，又看向炉灶前刚被自己踩过的那块泥地。

“桀桀桀桀！”

泥鳅婆婆一跃而起，猛地扑向晴明。

围在腰际的粗草席在空中散开，后胯顿时暴露无遗。

晴明闪身躲开，不料泥鳅婆婆撞上了站在他身后的博雅。

博雅上衣左侧的衣领嘶的一声开了道口子，是泥鳅婆婆右手上的指甲划破的。

“怎么可能？！”

博雅的惊呼并非平白无故。

没了粗草席的遮挡，泥鳅婆婆原形毕露，她的臀部竟长着两根角状物。

那角状物呈黄色，而且像抹了油般泛着油光。

咔嚓、咔嚓……那从臀部长出的角，不断响动着。

泥鳅婆婆上半身前倾，两手扎进泥地里，拱起后背，然后撅起了臀部。

“博雅，被那屁股上的牙咬到的话，就没命了！”

晴明将左手探入怀中，取出一张符咒，其上绘有图文。

他合拢右手食指和中指，放到唇侧一舔，把沾取的唾液涂抹在那符咒上。

就在此时，只听“沙——”的一声，泥鳅婆婆把臀部撅得更高，飞扑向博雅，作势攻击。

千钧一发之际，晴明横挡在两者之间，如同飞掷一般，将左手中的符咒贴到泥鳅婆婆的额前。

泥鳅婆婆的动作停下了。

“呜呼呜呜呜……

“呼呜呜呜呜……”

泥鳅婆婆歪着嘴低吼，却无法动弹。

咔嗞咔嗞——

啪哩啪哩——

即使身体无法动弹，她仍不死心地磨着牙。

“泥鳅婆婆，现在可以同我们讲讲，到底发生了什么吧？”晴明问道。

“呜呼呜呜呜……

“呼呜呜呜呜……”

泥鳅婆婆的口中不断发出低吼。

一时间，博雅、鲤麻吕、晴明三人，警惕地注视着形态怪异的泥鳅婆婆。

晴明凝视了泥鳅婆婆片刻，开口道：“看来，有东西潜伏在你的体内，让你没法开口说话。”

晴明说完，将右手食指抵在下唇上，口中低吟起某种咒来。

接着，传来“咕呜、呜呜——”的声音。泥鳅婆婆开始轻轻晃动脑袋，口中痛苦地呻吟着。

“喂、喂，晴明！”博雅此时开口，也并非平白无故。只见那贴在泥鳅婆婆额前的符咒下长出了什么东西，从下方将符咒顶了起来。

晴明见状，愈发大声地念咒，那东西捅破了泥鳅婆婆额上的符咒，现出了原形。

它长约四寸，形似犄角，和泥鳅婆婆臀部长出的獠牙尖端的形状相似，只是颜色有所差异。泥鳅婆婆臀部的獠牙呈黄色，而这长于额上的角状物则是赤红的。

“原来如此，是此物潜入了你的体内啊。”

晴明用整张符咒攥住那犄角，嘎吱嘎吱地将它从泥鳅婆婆的额上拧下。

“呜——”

泥鳅婆婆哀号着，趴倒在原地。

抬高的臀部落了下来，长在上面的黄色獠牙竟也脱落了。

泥鳅婆婆直起上身，坐在土间，抬头看向晴明一行。

“好了，现在总算可以谈谈了，不是吗？”

听到晴明的话，泥鳅婆婆的两眼中涌上豆大的泪珠，即将夺眶而出。下一刻她已双手掩面，“哇——”的一声号啕起来。

她嗷嗷地放声嘶喊。

“啊啊，我竟干出了如此作孽之事……”

零碎的话语混杂着抽泣声，从她的指缝间溢出。

“请告诉我们究竟发生了何事。”晴明说道。

泥鳅婆婆闻言点了点头，开口道：“那是五年前的事情了。自那件事之后，我就变成了这副模样……”

“那件事？”

“五年前，我亲手杀死了我的老伴香鱼爷……”

说话间，泥鳅婆婆再度以手覆面，泣不成声。

七

五年前的夏天，香鱼爷和泥鳅婆婆在河中捕捞蚬贝。

两人蹚入河中，用畚箕捞蚬贝，同时也捉些泥鳅、小鲫鱼之类的。捞起来的蚬贝装入香鱼爷的鱼篓中，小鱼则盛在泥鳅婆婆胯下的鱼笼里。

暴风雨将近，河川水量猛涨。

上游似乎已降下不少雨水。等暴风雨来临，河水泛滥，就要有一段时间不能下河捞鱼了。所以两人想着，少归少，赶在暴风雨前再捕捞一些总是好的。

不过，眼看河水不断上涨，差不多该上岸了。

“痛！”

突然，香鱼爷大叫一声。

“怎么了？”泥鳅婆婆问他。

“脚被什么东西刺到了。”

两人上到岸边。香鱼爷坐在河岸的杂草地上，抬起脚一看，左脚心有根长约四寸的红色尖锐之物。那物的尖端牢牢扎进脚心，无法轻易拔出。

若是硬拔的话，恐怕会撕扯到脚心的皮肉，更加疼痛。

正一筹莫展之际，那红色之物竟如活物一般，往皮肉里钻去。

“这、这是怎么回事……”

那东西不断往里钻，最后竟整根没入香鱼爷的左脚中，不见了踪影。难以置信的是，脚部的痛楚也随之消失了。

当晚，暴风雨袭来。

风雨交加，铺在屋顶上的苇草被吹飞了。

泥鳅婆婆和香鱼爷同榻而寝。泥鳅婆婆触碰到香鱼爷时，发现他身体滚烫。

"呜呜。

"呜呜。"

他在睡梦中痛苦地呻吟着。

"你怎么了？"泥鳅婆婆问。

"身体里像有火在烧。"香鱼爷冒着汗说道。

在炉灶上燃着的火光的映照下，香鱼爷双眼灼灼，上下两排黄牙紧紧咬合，像是在强忍着什么。

那双眼睛死死瞪着泥鳅婆婆。

"难受吗？"泥鳅婆婆问。

"倒不难受。"香鱼爷说，"只不过，想把你给吃了。"

"什么?！"

"要说难受的话，就是忍得难受。"

那已不是香鱼爷的声音了。

泥鳅婆婆有些害怕了，她站起身，香鱼爷也随之起身。

"求求你，让我吃了吧。"

像是有什么东西，在香鱼爷的臀部发出咔嚓咔嚓的声音。

他的臀部竟长出两根黄色獠牙状的东西。

香鱼爷已经不是人类了。

此时——

"快跑！"

香鱼爷喊道。

"快跑，不然的话，我真的会吃了你的！"

咔嚓——

咔嚓——

可是，这暴风雨中，又能逃到哪里去呢?

"啊啊，我要吃了你！

"快跑！"

截然相反的话语，从同一张嘴中说出。

“我爱你，所以想要把你吃了。

“正因为爱你，所以想放你逃走。”

到底哪个才是真实的香鱼爷呢？

狂风暴雨愈发激烈，前方水势汹涌的河川发出震耳欲聋的轰鸣。

香鱼爷的身体开始不住地颤动。

“忍不了了！”

香鱼爷大叫着，往土间纵身一跃，扑向悬挂于檐下的东西。

那是一把收割苇草的镰刀。

“啊啊，已经饿得不行了。再这样下去，我绝对会吃了你。”

说话间，他用那发颤的手举起镰刀，将刀尖抵在了脖子上。

“别阻拦我！”香鱼爷看上去打算自尽，“不这样做的话，我一定会把你吃了的。”

香鱼爷看着泥鳅婆婆，说道：“和你在一起的这么多年，我真的感到很幸福。”

他这样说着，脸上带着笑意，一刀割断了自己的咽喉。

等泥鳅婆婆跑到他身边，抱起他时，香鱼爷已经断气了。

该怎么办才好？

若是就这么放着不管，感觉那尸身很有可能爬起来，说出“想吃了你”之类的话。

看来只能把他埋了。泥鳅婆婆打定了主意。

她用镰刀掘开土间，刨起泥土，将香鱼爷的尸体埋进洞中。接着往上盖土，最后只剩香鱼爷的脸还露在外面。

此时，泥鳅婆婆再也忍不住，伸出双手抚上了香鱼爷的脸颊。

手中传来一阵剧痛。

“痛。”

泥鳅婆婆慌忙缩回手，可那红色齿状物的尖端已刺入她手中。

“哇。”

泥鳅婆婆想把它拔出来，却拔不出来。

八

“于是，我就在那暴风雨的夜里，吃了香鱼爷的肉。”泥鳅婆婆说。

“那东西钻到身体里，就会变得饥饿难耐，极度想吞食人肉。”

她在香鱼爷尸身上一顿饕餮，随后将剩下的白骨埋在炉灶前。

泥鳅婆婆说，她虽吃了人肉，但还残留着人性，不忍去看那残留的骨骸。可风雨交加的夜晚，也没办法出门埋骨，只好埋在了茅屋里。

那时正碰上暴风雨引发河水泛滥，她就对村里人说，香鱼爷被水冲走死了。

自那以后，泥鳅婆婆开始用粗草席裹住身体，藏起臀部的獠牙。

然而，她依然忍不住想吃人。

可若是吃了村里人，总有一天会被发现。于是，她就专找独行的旅人，用臀部的獠牙将人咬杀后，吃掉他的肉，将骸骨扔到那墓穴中。

那臀部的獠牙上可能有毒，一咬，人就会即刻死去。

泥鳅婆婆在两天前的晚上，捕食了一个旅人，去墓穴里扔骨骸。进入墓穴后，发现那手腕上还留有皮肉，正当她啃食之时，突然察觉到附近有什么东西在，被吓得慌忙逃离。

终于遇上真正的鬼了吗？她当时在心中想着。

就算是人，自己的秘密若是被发现了，那也活不下去了。

惊慌失措下，她也顾不得确认是人是鬼，就仓皇逃离了墓穴。

“这五年来，被我杀了吃掉的已有十余人。尽管现在恢复了神志，但自知罪孽深重，已无颜活在世上。还请将我就地处决吧……”

泥鳅婆婆泪眼婆娑地说道。

此时，炉灶前出现了一个模糊的人影。一位白发苍苍的老人站在那里。

“啊，香鱼爷……”鲤麻吕叫他。

然而，香鱼爷没有看向鲤麻吕，他目不转睛地看着泥鳅婆婆。眼神中蓄满了哀怜，又是那么温柔。

“老婆子啊老婆子，我一直等着，等你褪下这牙和角……”

香鱼爷开口道。

“放心吧，我会带你走的。哪怕前方是地狱黄泉，我也会一直陪着你。你就安心地随我同去吧……”

泥鳅婆婆泣不成声。

香鱼爷右手的指尖触上她的额头。泥鳅婆婆飘然倒地。

她倒下的那一刻，已然死去了。

香鱼爷的身影也消失不见了。

周遭只余河川流淌不息的声音。

九

晴明和博雅正在对酌。

晴明身穿一袭飘逸的白色狩衣。他面前的博雅一身黑袍装束，盘腿而坐，正饮着酒。

两人在筱原留宿了一晚，之后回到位于土御门大路的晴明宅邸。此刻正是小酌之时。

午后，天色尚早，还未到日暮时分。

阳光照在身上，暖洋洋的。

两人离开筱原的时候，清鹎已恢复了精神。晴明诊断，再过三日，应该就能正常下地行走了。

“话说回来，晴明啊，你是从什么时候开始知道的？”

博雅问，他手中欲移至唇边的杯盏停在半空中。

“你指什么？”

“清鸭倒下是因为中了蜈蚣的毒。”

“哦，那个啊……”晴明将空杯搁到廊板上，解释道，“呼吸急促、头痛目眩、昏昏沉沉，这些都是中了百足蜈蚣的毒后会出现的症状。依古法，解百足毒，不可冷疗，需保暖驱寒……”

“所以你才会让吞天采来解百足之毒的草药？”

“就是这样。”

“不过，你仅凭这些，就能判断出那是百足之毒呀？”

“博雅啊，你不会忘了吧？”

“什么啊？”

“你可知筱原的那片土地有何渊源？”

“就算你这么说，我也……”

“那后方就是三上山所处地界。”

“三上山？”

“说起三上山，你能想到什么？”

听晴明这么一问，博雅“啊”地脱口而出。

“原来是这样啊，说起三上，藤原秀乡大人下东国时，击退的百足蜈蚣，不就是盘踞在三上山上吗？”

“想起来了啊。”

藤原秀乡又名俵藤太。

他去往关东地区时，途经势多的大桥，桥上横卧着一条巨蛇，秀乡毫无惧意地跨了过去。

原来那条巨蛇是琵琶湖之主，巨蛇一族同三上山的百足蜈蚣斗争已久。

那蛇对秀乡说道：“这段时日，那三上山的大百足，毫无节制地掠食琵琶湖中的鱼，连附近的鹿、猪等野禽也被大肆捕食，琵琶湖已到山穷水尽的地步。”

它接着说：“明日，终于迎来我等和大百足决一死战的日子。还望您能加入我们，助我们一臂之力。”

于是，秀乡加入了巨蛇的阵营，制伏了那百足蜈蚣。

“那一战，正是发生在那附近。”

“原来竟有这样的联系啊。”

“那百足蜈蚣并不是用嘴，而是用尾巴，也就是臀部附近的獠牙去咬杀对手。当时，秀乡大人打败大百足后，用名为黄金丸的刀砍碎了它的尸身。那时候，长于臀部的似牙又似角的红牙也被斩落了。那獠牙落入河口附近，想必沉入了这河水的淤泥之中。五年前，香鱼爷的脚底板不小心被它刺中，事情就变成那样了。我之所以判断食人的不是鬼怪，而是人类，是因为看到了骨骸上残留的齿痕。那痕迹是人类的牙齿造成的。而那墓穴的骨骸里，看上去放得最久的白骨大约是五年前的，所以才推测是五年前之事。”

“听你这么一一道明，我才有种恍然大悟的感觉。晴明啊，我当时真的觉得，你是个厉害得不得了的家伙呀。”

“那真是值得高兴呀。天下闻名的笛手源博雅给出这么高的评价，我可得好好记着。”

晴明这般说着，欣然微笑起来。

少纳言攫物

一

坂上彦麻吕时年五十。

官任少纳言，宅邸建于三条大路，日常起居于此。

近来，他为一事忧心不已。

入夜后，此处会有一名女子出现。

女子总是夜半到来，啃咬他的手，而且只咬右手。

事情是从五日前的那晚开始的。

夜里，在睡梦中，彦麻吕似乎察觉到了什么，睁开眼。

他看向枕边，只见一名白衣女子站在暗处。

在右侧的枕边，女子一动不动地从上方俯视着彦麻吕。

说起来，那是个貌美的女子，但看上去令人心中发怵。

她睁着双眼，直勾勾地盯着彦麻吕。

她的瞳仁呈青白色，嘴唇薄薄的。

彦麻吕想呼叫，却发不出声音。想逃，身体却无法动弹。

奇怪的是，既然身体动弹不得，那为何能侧头看到枕边的女子，又为何能活动眼睑，睁开眼睛?

看来，这只是个梦而已。

自己并未转头，也没有睁眼，在做梦罢了。再说，夜色深沉，就算睁开眼，眼前也应是一片漆黑，怎么可能看得见女人呢，这必定是梦境。

正这么想着，那女子弯下身来，四肢着地呈匍匐状，脑袋猛地钻进了被褥中。

痛！

彦麻吕的右手突然传来一阵剧痛。那女人竟咬住了他的右手。

手上感觉到了舌头和牙齿的触碰。然而手却无法缩回，身体也依旧动弹不得，想要喊痛，却叫不出声。

只能在心中无声地呼号着痛、痛。

嘎吱、嘎吱、嘎吱——

指间和手上的皮肉被不断啃咬着。

过了片刻，女子从被褥中抽回脑袋，直起身，低头看着彦麻吕，脸上绽开了一个诡异的笑容。

随后，女子的身影消失了。

接着，彦麻吕又陷入了沉睡，直到翌日清早，感受到右手的剧痛才醒过来。

在晨光下看，右手发红肿胀，布满伤痕。

他想起了夜半之事。

这竟不是梦？难道真有女人出现，咬了自己的右手？

不，不可能。

或许是右手瘙痒，无意间把手挠破了，所以才做了那样的梦。

虽然感到不可思议，但也只能这么猜测。

彦麻吕以为就到此为止了，并未将此事告诉家里人。

没想到的是，怪事又发生了。

当晚，后一晚，又接连发生了同样的事情。若是梦的话，那就是遭遇了相同的梦境。

“您的右手红肿，满是伤痕……”家里人问起。

“此处有些痒，睡梦中抓挠时用指甲抓破了。”彦麻吕笑着说。

那是连续三晚发生怪事后，翌日晨间他与家里人的对话。

到了第四夜，伤口开始渗血。而第五夜过后，翌日早晨，彦麻吕的右手已无法动弹，多处皮开肉绽。

此时已瞒不了家里人，彦麻吕就将夜半有女子现身之事悉数告知了。

这究竟是怎么回事？

彦麻吕对那女子没有印象，家里人也毫无头绪。

今夜就是第六夜了，女人再出现的话，右手恐怕会被她嚼烂。

要不去找个阴阳师来，看看是否有妖物作祟？还是说，搬到别处去睡为妥？正和家人商量之际，有府中下人前来禀报。

“有个古怪的老头登门，说是求见家主一面。”来人说。

“古怪的老头？”

“是的。”

“怎么样的老头？”

“正是老朽本人。”

话刚问出口，应答声从庭院中传来。

“看来有忧心之事呢。”

只见庭中站着一名老者，一身邋遢的黑色水干装束。他光着脚，乱发如蓬草般直冲云霄，黄色的眼中目光炯炯，整个下巴被埋在长髯之中。

“是遇到麻烦事了吧。老朽方才路过贵府门口时，看见有瘴气从屋顶升起……”

从那老者的言行举止来看，多半是法师或阴阳师之类的人物。

“再这样下去，不出一两天，就会出人命啊……”老者站在庭中，双眼滴溜溜地环顾了一圈檐廊上的众人，然后指向彦麻吕，“看来是这位大人吧。”

彦麻吕大吃一惊。

此事对外一字未提，而这名老者只是从门口经过，就能看出府上有异样。不仅如此，还能在毫不知情的情况下，指明是谁遭遇了怪事。

看来这名老者衣衫褴褛，修为却不容小觑。

“不管是何物作祟，就让老朽来会会它吧。作为交换……”老者微微一笑，说道，“能否讨杯酒喝？”

“若能为本府消灾脱困，不用说一两杯酒了，无论几杯都可以。”彦麻吕自是满口应承。

“一言为定。”老者伸出鲜红的舌尖，极为高兴地舔了舔嘴唇。

“老朽芦屋道满。”他扬起一边的嘴角，说道，“发生了何事，但说无妨。”

二

“原来如此。”

听彦麻吕讲完大致情况，道满微微颔首。

“对那女子完全没有印象吗？”

“确实没有。”彦麻吕回答得十分干脆，“在西京有个来往的女人，但从未约束她，除此以外也没有其他女人了。”

“请把手给我看看。”道满说。

彦麻吕伸出右手，整只手已是红肿不堪。

不用说手背和掌心，连手指、指肚，以及手腕附近，都布满了齿痕。

“不会是鼠精之类的吧……”道满喃喃自语，“嗯……”

他歪着头思忖了片刻，沉吟道："看来是今夜。"

"今夜？"

"让老朽来为您作个破解之法吧。"

"当真?！"

"借笔墨砚台一用……"他顿了顿，补充道，"还有酒。"

装有酒的瓶子、酒杯，以及笔墨砚台被呈了上来。

道满拿起酒瓶，对着瓶口咕咚咕咚先饮了个痛快，接着从容不迫地研起墨来。

研完墨，用毛笔一蘸。

"请把右手给我。"道满说。

他将那只伸向自己的右手摊平，执笔在掌心画了一个"○"，又在"○"中央画了一道杠，成了"⊖"。

随后，他又咕咚咕咚喝了几口酒。"此乃本人的独门绝技，若是画在素陶杯上，便可作杀人利器了。"

道满用拿着酒瓶的左手手背擦了把嘴，伸出右手，用食指抵着"⊖"，口中吟了一小段咒。

"这就行了。"

"真的？"

"那还用说。"

道满又饮了口酒，搁下酒瓶径直躺倒。"到晚上再叫醒老朽。"

说完，鼾声便响起，他已然睡熟。

三

黑暗中，道满藏身于围屏后饮着酒。

此刻已是深夜。

围屏另一边，传来彦麻吕的鼻息。

片刻之前，彦麻吕还辗转反侧，难以入眠，不知不觉间已陷入了睡梦中。

道满坐在那里，安静而怡然地饮着酒。白日里睡了一觉，到了晚上并不觉得困。

夜色更深了，还是没有半点动静。

差不多到后半夜了吧，正这么想着，突然察觉到了某种气息。

“呜……”

道满将酒瓶搁在地上，竖起耳朵。

彦麻吕的鼻息起了变化，变得急促起来，不时夹杂着“呜呜”的呻吟声。

“来了吗……”

道满将搁在膝盖上的烛台点亮，执灯起身。

他走出围屏，走到彦麻吕枕边，借着烛光看到他正仰面而睡。

彦麻吕身上盖着被褥，而那被褥的靠右处，底下似乎有什么东西在窜动。

“终于现身了。”

道满一声大喝，府上的人听到动静，三三两两端着灯台赶来。

而彦麻吕仍紧闭双眼，不断呻吟着。

待众人聚来后，道满蹲下身，左手一把掀开了被褥。

“啊！”众人皆大惊失色，纷纷往后退。

只见彦麻吕的右腕上，缠绕着一条又粗又大的青蛇，正蜿蜒盘旋。而那蛇头，正被彦麻吕的右手紧紧攥着。

此时，彦麻吕终于醒了过来，抬眼见众人齐聚房内，开口询问：“发、发生了何事？”

下一刻，他看到了缠绕在右腕以及紧握在手中之物，“啊——”地惨叫出声。

四

“这么说来，在此之前，确实发生过一件事……”

第二日晨间，彦麻吕面带神秘地开口说道。

“此前也说过，我在西京有个交往的女子，那是在前往她家途中所遇之事……”

牛车出了府门。随行的只有一名赶牛童。

行至半途，彦麻吕感到车座底部传来“咯噔咯噔”的声响。是车轮出了什么问题吗？

他坐得不踏实，心中有些在意，于是命赶牛童拽停了牛车，并问道：“怎么回事？”

赶牛童下车查看后，很快回复道：“回大人，有一条蛇。”

“蛇？”

“是一条大青蛇，死死缠在右侧的车轮上。”

“就算硬扯，也要把它扯下来扔了。”彦麻吕吩咐道。

不一会儿，又听那赶牛童回报：“不行，它缠得太紧了，怎么也扯不下来。”

“怎么可能？！”

彦麻吕下了车，准备亲自查看那车轮。

原来那大蛇一圈圈地缠上了车轮，蛇口紧紧咬着车轴，已经死了。

想来是牛车在前行途中轧到了那蛇，将它卷了进去。

碰上的又是条顽固的蛇，一路紧紧盘在车轮上，死咬着不放。车轮每转一圈，蛇就被轧一次，发出方才听到的那般声响。

彦麻吕看着赶牛童使劲想把蛇从车轮上扯下，那蛇偏偏缠得死紧，压根儿扯不下来。

“磨蹭什么，要像这样。”

彦麻吕把赶牛童推到一边，上前用右手抓住蛇头，从车轴上硬扯，发出“嘎吱嘎吱”的声音。然而卷进去的力道实在太大了，轧在车轮下的蛇身被撕裂开来，变得残碎不堪。

“唉，真惨。”

彦麻吕终于把整条蛇从车轮上扯了下来，随后他将蛇的残骸弃置路旁，继续乘车朝女人那里行去。

“哦，是这么回事啊。”道满听后说道，“这是条女蛇。”

说着，道满将右手探入怀中，取出那条滑腻粗大的青蛇。

只见那蛇缠于道满手中，垂下的蛇身蜿蜒扭动着。

正是昨夜那条蛇。

当时，道满将蛇从彦麻吕的手腕处引开。“此蛇，老朽收下了。”如此说着，把蛇纳入了怀中。

“彦麻吕大人的牛车轧到的那条蛇，多半是这条女蛇的伴侣。目睹自己的伴侣被碾死，女蛇便想来报复彦麻吕大人吧。”

因此，它夜夜来到仇人枕边，啃咬那撕扯蛇身的右手。

道满解释完，将蛇拿到胸口附近，那蛇主动伸头钻入他的怀中，哧溜一下滑了进去。奇妙的是，不知为何，这蛇似乎很依赖道满。

“今后不会再发生夜里右手被啃咬的事情了。”

道满把手伸向眼前的酒瓶，拎着瓶颈站起了身。

瓶颈系有麻绳，他的食指正扣在那绳圈里。

“这酒，我就带走了。”

道满赤足踩在地板上，经由檐廊走下庭院。

他优哉游哉地迈开脚步。

“要不，去晴明那儿露个面吧。”

道满自言自语道，彦麻吕此刻自然是听不到了。

朝阳、莺啼，一齐洒落在道满远去的背影上。

相 士

一

有位叫登照的僧人。

他是花山天皇时期的人物，算起来，他和安倍晴明生活在同一时代。

传说他是一位相士。

所谓相士，即看相之人，根据人的骨相、面相卜算命运前程。

鉴于僧人和看相之人——即相士——这两种身份并不矛盾，就权当他兼有这两种身份吧。

登照的相术十分灵验。通过观人相貌、聆音辨声、察其举止，便可知富贵寿夭、官爵禄位。

他料事如神，从未失算过。

因此，登照的禅房前，时常聚集着慕名前来求卜问相的京中僧俗男女。

某日登照出门办事，途经朱雀门，望见许多人在城门下歇息。

上及老人，下至稚子，有男有女。旅人、僧人、放牛童……男女老少、形形色色的人们聚在城门下，或坐或立，或横卧于地。

时值盛夏，烈日当空，唯有城门下尚余一席阴凉之地，因而众人聚在此处遮阳避暑。

碌碌众生借荫门下，只求缓口气，偷得半日闲。而登照身为佛门子弟，深知佛家诸行无常的真谛，不由得心生悲悯。

不单单是人，这世间芸芸众生，无时不在生灭。谁也不知下一刻会遭遇何事而殒命。

如此想着，走在京城中，登照经常在迎面走来的行人脸上看到死相。有时不看相貌，仅凭声音或所持之物，也能感知到那人命不久矣。

那时，登照也察觉到了。

那朱雀门下的百姓，个个面露死相。不是一两个，登照又端详一圈，那里的所有人确实都面带死相。

这太不寻常了。

若是不久后有贼人行凶，或是有人突发疾患，抑或是有人摔倒磕破脑袋死去，那么面露死相的也应该只有个别人而已。然而，门下之人竟无一不面带死相。

那么，只有一个可能性。

这城门即将坍塌，众人将会被压死在城门下。除此之外，他实在想不出其他原因能让他们同时罹难。

“快看，城门将倾，汝皆将命殒门下，速速离去！”

城门快要倒了，大家都会被压死，赶快逃开！

门下之人一听登照那气势汹汹的喊话，惊得从门下蜂拥而出。但也有人将登照的话当耳旁风，置之不理。

登照在一旁，远远地看着。那些跑出来的人，跑开一段距离后回头看去，只见一瞬间，朱雀门竟毫无预兆地轰然坍塌，留在门下之人尽数被压在底下，失了性命。

当然，那些逃出来的人，脸上的死相都消失了。

此事之后，城中人人称赞："登照大人的相术果真名不虚传。"

二

登照的禅房，位于一条大路附近。

那是春天里一个静谧的雨夜。

春雨润物无声。雨细过丝线，胜过细针，柔柔地飘落到地面，如同纱雾一般。

雨悄无声息地拂过土地、地上的岩石和冒芽儿的青草。不知不觉间，松枝尖、野萱草的叶梢被打湿了，在蒙蒙烟雨中，凝起莹莹水珠。

夜至深更，登照正欲熄灯就寝时，听到笛音传来。

有位吹笛人，从禅房外的大路上走过。

笛音如此优美，又如此缥缈。登照侧耳聆听着，忽然起身唤来弟子。

"虽不知这吹笛路过者是何人，但从笛音中可以听出他寿数将尽，你前去告诉他。"

这个吹笛人即将性命不保，必须提醒他，登照心想。

"快去把那位吹笛人请进来。"

弟子应声向外走去。

然而，就在两人对话间，笛声已渐渐远去，吹笛人不知去往了何处。

当弟子急匆匆地跑到大路上时，已听不见笛声，那吹笛人的身影也隐没在夜色中，无处可寻。

登照躺在床榻上，心中仍挂念着笛子的主人。

他会遭遇何事呢？恐怕活不到明早啊……

然而，翌日清晨，雨停了。登照做早课时，再次听见笛声从门外的一条大路传来。

细细辨听，吹笛者正是昨夜路过之人。

而此时的笛声中，已不见昨夜的死相。

究竟发生了什么？

登照停下早课，说道："这吹笛的行人，果真是昨夜那位。着实奇怪。"

"听来确是昨夜的那位吹笛人，不知您口中的奇怪是指……"弟子问道。

"罢了，先把那位吹笛人请进来吧。"

弟子闻言走到院外，不多时，领进来一名男子。

从那人腰际佩带之物，以及装束打扮来看，像是一名武士。而他仪表堂堂，气度不凡，想来是位身份尊贵之人。

"昨夜，施主是否吹着笛路过此处？"

"确实经过了……"

"那时你的笛声中透出阳寿将尽之音，贫僧本想据实相告，然而弟子出门寻找时，施主已走得不见了踪影……"

"是这样啊……"

"但今日一听施主的笛音，已完全没有死相。敢问施主，昨晚做了何等功德？"

"可是，我昨晚并未做过什么功德之事。"

"那，究竟是……"

"昨晚，我去川崎参加一场宣讲普贤经的法会，伴着偈颂吹了一夜笛子。"

"啊，就是缘于此处。施主在法会上吹了一夜笛子，积下了功德，同普贤菩萨结得佛缘，因此得以延年益寿。"登照说着，双手合十，向吹笛人礼拜，"真是万幸、万幸……"

三

大约又过了三日。

那天，登照前往宫中，去朝堂院[1]办事。

处理完公务，在归途中走过朱雀门时，身后传来唤他的声音。

“登照大人——”

登照转过身，眼前站着一名男子，身着一袭白色狩衣。他目光明澈，唇色如女子般殷红。

“在下是阴阳寮的安倍晴明。”男子报上名号。

登照知道此人，但从未见过。不，倒也远远望见过数次，只是这还是两人第一次打照面。

“啊，晴明大人，久仰。”

“在下才是久闻大人之名，如雷贯耳。”

“此话怎讲？”

“约五年前，大人预知这朱雀门即将倾倒，救下了在门下歇息之人的性命……”

“不不，仍有几人被压死了，是贫僧思虑不周。”

登照心中疑惑，不知晴明为何突然和自己搭话。

“人生在世，不知在何时、因何事就会化作尘土。晴明我也不例外……”晴明抬头望着朱雀门说道。

“确实……”

“其实……”晴明从朱雀门收回视线，再次看向登照，“在下是听闻大人今日进宫，才特地在此处等候。”

“不知所为何事？”

“大约三天前，是否有一位吹笛人经过您的禅房前？”

① 平安宫内处理国政的建筑群名。

“是的，印象颇深。”登照颔首。

他对晴明说了那晚，以及翌日早晨发生的事。

“您为何问及此事？”

“实不相瞒，那位吹笛人是同在下相交甚深的友人……”

“哦，敢问是哪位大人？”

“三位[①]，源博雅大人。”

话语中，晴明称呼博雅为“大人”。

“原来是那位吹笛名手啊，难怪能吹出那样美妙的音色。晴明大人是特地来告知我此事的吗？”

“不是，接下来才是正事。”

“洗耳恭听。”

“其实昨晚，博雅大人与我在敝府对酌了几杯。”

“哦……”

“适逢庭院中桃花初绽，便邀博雅大人光临敝府，把盏赏花。”

“然后呢？”

“饮酒交谈时，我察觉到了一件事。”

“什么？”

“博雅大人好似曾被某物附身，不，应该说是被诅咒过。那邪物一度附着在他身上，但同我见面之时，已然退散无踪了。”

“此等事情，您也能看出？”

“可以。”

“所以……”

“我便问博雅大人，遭逢了何事。”

因此，晴明得知了三天前的那场风波。

① 博雅的职位最高达到“非参议从三位皇后宫权大夫”，因此被称作博雅三位。

四

“就是这么回事，晴明。”

博雅将盛有酒的杯盏端至唇边，接着说道：“那日和我交谈之人，正是五年前预知朱雀门将倾，救下很多人的那位登照大人……”

“可是，博雅啊，那晚你为何会前往川崎参加普贤经的法会呢？”

听晴明这么问，博雅答道：“为普贤偈颂吹一曲笛伴奏，是我一直以来的心愿。可若是穿着黑袍，带着随从前往，阵势太大怕扰人清静，所以就作武士打扮前去了……”

“可是，你去川崎那天，白日里我们不是才在此见过面，还一同饮了酒吗？那时，你脸上可没有什么死相……”

“那就是之后出现的吧。”

“可不过短短半日啊。”

“唔。”

“难道说那位登照大人，察觉到了什么我不知的迹象？”

“有何不可吗？”

“不，不是说不可以，只是……”

“这不是挺好的嘛。”

博雅说着，将端了半晌的酒盏送至口中，饮了一口。

“因为你是特别的。”看着博雅把杯盏从唇边移开，晴明开口道。

“有什么特别的？”

“你是天然的。”

“天然？”

“是的。”

“晴明啊，怎么，你是不是又在拿我寻开心啊？”

“才不是，我这是在称赞你啊。”

“是吗……”

“总之，我找机会去见上一见吧。”

“见面？”

“嗯。”

“见谁呢？”

“自然是那位登照大人，去和他见上一面……”

五

“事情就是这样。所以今日在这朱雀门下，冒昧打扰登照大人了。”晴明说道。

“原来如此。”登照看着晴明，点点头。

两人的头顶上方，朱雀门巍然耸立。

“所以，如何呢？”登照问道。

“您是指什么？”

“同贫僧见面后，可有所发现？”

“唔……”晴明难得流露出心事重重的表情，“有些难以启齿。”

“您是有什么顾虑吗？”

晴明抿了抿嘴，下定决心般开口道：“在向您说明之前，我想先做一个试验。”

“不论做什么，无须顾虑，尽管试便是。”

“十分抱歉，未能及时告知，其实试验自方才就已经开始了。”

“是什么呢？”

晴明没有直接回答登照的问题，转而说道：“大人有所不知，其实源博雅大人，是天涵地育的天然之人。”

“天然？”

“好比那花草、石头、树木，他就如同这天地间的山川草木般浑然天成。”

“这样啊。”

“而山石树木是没有死相的，因此那位大人和死相应是无缘。”

“您的意思是……”

“即使那位大人身上出现类似死相之兆，不用借助神明或菩萨的法力，他只需吹起笛子，那些噩兆便会自然消散。当然，这并不是说那位大人是不死之身……”

“当然，贫僧能理解晴明大人的意思。”

“方才我说，试验已经开始了。”

“正是。”

“只是还没有得到证实。”

“证实？”

“证实我的想法是否正确……”

“是怎么回事？”

“请稍等。”晴明将右手伸入怀中，取出一根细针。

“这是……”

“这是针魔[①]的针。”

“用它做什么？”

“能请您用手触碰此针，或者取少量颈部的汗液涂在针上吗？”

“没问题。”登照伸出右手，轻触细针，然后看向晴明，“这样就行？”

“是的。”

晴明用右手拿起那针，放到左掌掌心，再次将右手探入怀中。手伸出时，只见指间夹着一枚纸片，是一个用纸裁成的人偶。那人偶身上用红绳系着一根发丝，胸口处浮现出黑色的渍痕。

“这是……”

---

① 可参考《阴阳师·第三卷》之《针魔童子》篇。

“我的头发……”

“头发？您的……”

登照的脸上首次显露出诧异之色。

“是的。”晴明颔首。

“这是怎么回事？”

“方才我说过，试验正在进行，只是尚未出结果。”

“现在，有结果了？”

“是的。十分遗憾……”

“遗憾……是对贫僧而言吗……”

“我实在于心不忍……”

“还请您解惑。”

晴明轻叹一声，像是做了某个决定般开口道：“此人偶胸前的黑渍，是我此前抹上的自己的血。直到刚才还是鲜红的，现在如您所见，颜色变黑了……”

“确实……”

登照微微颔首，脸上不安的神色愈发浓重。

“这黑渍，就是死相。”

“死相？”

“这是本应显现在我脸上的死相，现将它转移到人偶上，替我承受了。”

“也就是说……”

“有人在诅咒我，咒我死……”

“这……”

“人是会在自己毫无察觉的情况下诅咒他人的。曾有一位女子，在并非本人意愿之下灵魂出窍，附身于别的女人身上意图杀死她。而这一切，她本人毫不知情……”

“怎么会……”

“方才我提到，就算是晴明我，也不知在哪一刻就会死去……”

晴明说话间，他左手掌心的细针倏地飞射出去，“扑哧”一声，刺入右手所持人偶的胸口。

“啊！”登照见状叫出声来。

之后，他沉默了。

一阵漫长的静默后，他低声叹道：“原来是贫僧啊……”

“原来是贫僧啊。原来这一切，都是贫僧所致。朱雀门倾倒之灾，如今这飞针袭人，都是贫僧在不知不觉间犯下的……”

“……”

“竟是这么回事啊。五年前，贫僧路过此处时，心生对这世事无常的感慨。想着在这里的人们，都会有逝去的那一天，因此擅自从在门下休息的人们脸上看出了死相。而为了使自己的卜算应验，竟将这朱雀门……”

“……”

“听到博雅大人的笛音时，也是如此。擅自思及世间无常，这位吹笛之人也终有一天会化为尘土。于是，在笛音中听出了死相。此刻也是，听了晴明大人所言，想到您也会死去，所以人偶上才会出现死相……”

晴明没有作答，一直安静地听着。

“如今这飞针，和朱雀门崩塌是同理吧，都是因为贫僧……”

“这些都不是您内心真实的想法，登照大人……”

“晴明大人，贫僧该如何是好……”

“我也不知道。区区晴明，并非能为登照大人指路之人。我也只是这河流中的一介泡沫而已。”

“呜呼……”

“我会将此事深埋于心底，绝不会外传……”

晴明言尽于此，躬身行礼，静静地离去了。

登照久久地伫立在原地。

六

三日后，登照用针刺瞎了双眼。

对此，他从未向外人做任何解释。

登照禅房前的访客仍是络绎不绝。但自那以后，登照再也没有给人看过相。

登照比晴明长寿，享年八十五岁。

塔

一

蝉鸣喧嚣。

晴明宅邸中，庭院里种着樱树、松树、枫树。蝉鸣声从每棵树的梢头倾泻而下。

晴明和博雅两人耳听蝉鸣，把酒对盏。

博雅盘腿坐在檐廊的蒲团上。

晴明则背倚廊柱，支起单膝，身着一袭白色狩衣。他左手那白皙的指尖捏起杯盏，移向殷红的唇边。

端至半途，耳边传来博雅的叹息声，晴明手上的动作一顿。

“怎么了，博雅？”

问完之后，晴明才继续将酒盏送至嘴边，饮尽了杯中酒。

空盏被搁回食案上，正持瓶往里斟酒之人，不是蜜虫，而是外表看着像十四五岁少年的露子姬。

这个年轻的姑娘，一双乌黑的眼眸总是滴溜溜地转着。她芳龄十八，是从三位橘实之大人的千金。

已是何时出嫁都不稀奇的年纪了，她却连眉毛也没拔，牙齿也不染。穿着和晴明一样的白色狩衣，作男子打扮，用红绳将一头秀发束于脑后，清丽脱俗。

露子喜欢昆虫，房中各处都饲养着虫子。不过身为父亲的实之，还是希望女儿能够把精力花在其他重要的地方。

蝼蛄男、蟾蜍麻吕、蚱蜢麻吕、雨彦，她常常支使这四个男孩子去捉来些稀罕的小动物，把它们养在府中。若是碰到还没有名字的品种，就自己给它们取名，还让画师临摹下这些花草虫鸟，做成“生态日记”。

她的观察对象，还包括蟾蜍、蛇、鱼之类的生物。家里饲养着乌毛虫，也就是毛毛虫、青虫等的幼虫。

然而……

“露子啊，你也不小了。到宫中供职一事，我也不强求。但像你这般年纪，该和一位身份高贵的男子交往，为他生儿育女了吧。”

实之责备女儿。

“比起乌毛虫那种令人不适之物，这世上之人啊，总是喜欢追求美丽的蝴蝶。”

“哎呀，父亲大人，那美丽的蝴蝶就是乌毛虫变成的。再说，乌毛虫本身也足够美丽了。”

“可是露子啊，你可知女人的幸福，取决于能否为显赫人家有地位的男子生下孩子。”

“父亲大人，看来您是被骗了。从来就没有女人的幸福这种说法。若是有，那也不是女人的幸福，而是我的幸福。父亲大人，请您不要把您口中女人的幸福，和我的幸福混为一谈。”

就像这样，这对父女每个月都要进行一次“交锋”。

“露子啊，我也不是出于作为父亲的偏爱才说这话的，你的容貌明明很出众啊。”

“我就是我。喜欢虫子，喜欢在草地上奔跑。要我躲在竹帘后扭捏作态，我绝对不干。如果有人说就喜欢我的本色，那尚且不论。若是要我为哪位大人生儿育女，而变得没法做我自己，那我宁愿一辈子像现在这般……”

这样的露子却同晴明、博雅十分亲近。有时到晴明宅邸做客，就会代替蜜虫为两人斟酒。

等待露子往杯中斟满酒的时候，博雅开口道：“晴明，近来我一直在想一个问题……”

“想？”

晴明伸手取过满盈的酒盏。偶有微风拂过。

“嗯。”

“想什么？”

“就像现在耳边的蝉鸣声……”

说完，博雅微微摇了摇头。

“不不，不一定是蝉鸣，像那樱、这风也……”

博雅端起酒盏，并未送至口中，微微抬起的手停在了半空。

“风？”

“不，还是说蝉吧。比方说，此刻在鸣叫的蝉……”

博雅将目光投向庭中，仿佛是在用眼睛观赏那从树梢倾泻而下的蝉鸣。

“这是觅勿觅勿蝉。”露子说。

“哦，是觅勿觅勿蝉啊……”晴明细品着。

“总是‘觅——觅——’地叫着，所以叫它觅勿觅勿蝉。”

露子从不直呼蝶或蝉，而是一一为它们取上名字，为这世间无名的生灵百态命名。用晴明的话来说，就是她对施咒乐在其中。

“在同一株樱树上一齐鸣叫的，是尽了尽了蝉。这尽了尽了蝉，在土壤里蛰伏六年，破土后只能活七日，最长也活不过半个月，就会死去……”

“这样啊……”

“不论是哪种蝉，会叫的都是公蝉哦。”

“所以，母蝉是默不作声的？”

“是的。”

“那公蝉为何要那样鸣唱呢？”

“我想，大概是在呼唤母蝉吧……”

“像那样终日鸣唱？”

“是吧。”

露子点头的时候，博雅又叹了口气。“啊，如今我耿耿于怀的，正是此事……”

说完，博雅并未饮手中的酒，而是将杯盏搁回食案上。

没等晴明询问，博雅开口吟咏起一首和歌。

空蝉归壳于木，魂踪无迹成空。

“这是《古今集》中，一位无名氏所作的和歌。”

晴明默默地拿起酒盏，好让博雅继续说下去。

“人也好，不，不限于人，这天地间的万物，不都像这空蝉一般吗？出生，然后死去。我知道这是自然法则，但人活一世，到底能做多少事呢？我吹笛，同那蝉鸣本质是一样的吧。不断地循环往复，直至留下空蝉，离开尘世。无论身着多么华贵的衣饰，到最后终究是肉体消亡，空余衣裳，想来总有点寂寞呀。不过转念一想，能活得如蝉一般，反倒觉得庆幸起来。这般说不清道不明的心境，让我生出无限感慨啊，晴明……”

晴明不语，只将杯中酒一饮而尽，搁下了杯盏。

“怎么了？”博雅问道。

“什么？”

“往常我如此感叹一番后，不是总免不了要被你调侃几句嘛。你看，我都摆好防御架势，严阵以待了……”

“是想要我说几句吗？”

“不是。不不不，我不是这个意思。”

博雅取过酒盏，一口饮下。露子往搁下的空杯中斟上酒。

“不过，此中禅理，比起我们，请教佛门之人不是更好？”

“佛门？”

“是的。今天玄珍和尚会来此处。”

“比叡山的那位？”

“正是，说是有事相商。跟他说了今日源博雅大人也在，他说并不介意。”

“找你商量什么呢？”

“近些时日，做了颇古怪的梦，希望我能为他解梦。”

“梦？”

“是的。曾梦见过的人，近来几乎每晚都在梦中出现，要求和尚履行承诺。”

“旧梦、要求……是这些啊……”

“嗯。”

“是什么意思？”

“嗯，还是听他本人说吧。看样子，玄珍大人好像已经到了。”

晴明看着出现在庭院中的蜜虫的身影，说道。

二

玄珍僧都[①]是比叡山的僧人，时年六十有六。

---

① 日本管理僧人的僧官职位之一。

他原名平政常，是名武士。

十五年前忽有所悟，抛下妻儿，遁入佛门。

近来，玄珍做了一个奇怪的梦，梦中有个男人。

那人身披黑色铠甲，对玄珍说："请您履行承诺。"

他腰际虽无佩剑，但模样看着像是个士兵。两道长眉伸向鬓角，四方形的下巴棱角分明。

"请将我们从这苦役中解放出来。"他神情严肃地说道。

那张面孔眼看已是精疲力尽，好像下一刻就会死去。

玄珍略一思索，感觉在哪儿见过这张脸，却又不敢确定。那人所说的承诺，又是什么呢？

他想不明白。本以为只是个梦而已，所以并未深究。然而，两次、三次、四次梦到之后，他不由得觉得，其中必有蹊跷。

于是，在第五次入梦时，玄珍在梦中问道："你屡屡出现在我的梦中，敢问怎么称呼？"

"在下无名。"

"没有名字？"

"是的。吾等皆是士兵，并未一一取名。"

"吾等？"玄珍沉吟了一遍，恍然大悟。

原以为是一人，不曾想那男子的身后，层层叠叠地排列着无数个有着相同面孔的人。

多达数百、数千、数万……全都身披黑甲。

"让我履行昔日的承诺，究竟是何时应下的什么承诺？"

"十五年前，在广隆寺……"

听闻此言，玄珍随即"啊"的一声。

男子所为何事，他全都想起来了。

玄珍也随之从梦中醒了过来。

三

玄珍，也就是平政常，曾是平贞盛的家臣。

天庆三年，在平将门之乱中，他跟随贞盛戡平叛乱。同年，政常出师西国，讨伐藤原纯友之乱，该叛乱也于翌年被镇压。

主将贞盛因立下功勋，受封从五位上，其麾下的政常亦功成名就。然而，政常却在那时患上了心疾。

自那两场战役之后，他的心头始终有阴影笼罩。

政常是个心地宽厚之人，但因他武力高强，又赤胆忠心，作战时为主将尽心竭力、全力厮杀，不得已伤了众多性命。

成为敌我不过是机缘巧合，同是平氏一族的平将门，想必也有自己的说辞吧。就算是对方阵营的纯友，也有他们的主张。尽管如此，政常心里也清楚，一旦站到了对立面上，再去追问那些所谓的正义和是非，已是毫无意义。

交战时，仅凭主将一声令下，就不得不赌上性命竭力拼杀。

即便如此，他背负的杀戮也太过沉重了。

他知道持弓射人时，箭矢呼啸着贯穿对方骨肉的触感，也熟知刀剑没入人体的感觉。

那些死去的人，同自己一样，或许家中也有妻儿。各为其主，自己只不过是侥幸活了下来，不然死去的说不定就是自己。

日日想着这些，终是积郁成疾。

政常想到雕刻佛像，以此祭奠被自己夺去性命之人。于是花了一年时间，刻了一尊文殊菩萨像，供奉于太秦的广隆寺中。

说起来，已是十五年前的事了。

那时，政常在广隆寺的厢房中留宿，晚上做了一个梦。

梦中，政常站在一片陌生的草原上，不知身在何处。

草原的正中央，高耸着一座塔——是一座石塔，相当巍峨。

他见过多次教王护国寺的五重塔，而眼前这塔，比五重塔还要高。目测有五重塔的两倍以上。而且，塔还在继续建造。

定睛一看，有数百人、数千人、数万人肩上扛着石块，不断往上攀登，将石块运至塔的顶部。

那些扛着石块登塔之人，一律穿着黑色铠甲。

浩浩荡荡的人群，串联起广茂草原的地平线两端。

附近还有穿着红色铠甲的士兵，他们腰际悬着佩剑，监管着那些堆积石块之人。其中，不乏对身覆黑甲的士兵拔剑恐吓者。

“快，再搬快一点！”

身覆黑甲的士兵们没有武器，只能服从拿着剑的红甲士兵们。

建起这么高的塔，到底要费多少年月呢？

光是这么一想，就令人生畏。

就在此时，传来嗵的一声，有人猛地撞上了政常的后背。

一块巨石滚落到草地上，一个身覆黑甲的士兵倒在一旁。

想来是那个士兵从某处搬来石头，却因难以承重而脚步踉跄。在撞上政常的瞬间，肩上的石块失手掉落，自己也筋疲力尽地倒地不起。

“你怎么了，不要紧吧？”政常将那名摔倒的士兵扶起来。

“我没事。”

在政常的搀扶下，士兵勉强站直了身子。只见他脸上有两道异常长的眉毛，下巴成四方形，棱角分明。

“请问你在这里做什么？”政常问他。

“建塔。”士兵小声答道，神情悲伤。

“塔？”

“在垒筑那边的那座塔。”

“为何要建一座那样的塔呢？”

“这……我不知道。”

“哎，你不知道？”

“是的。”

“你对所做之事并不了解吗？”

“不，不是做，而是被命令做。”

“被命令？”

“正是，我们败于那些身覆红甲的士兵的国家，只能受其驱使。”

“是这样啊……”

“总之，再过三年，这塔应该就能建成了。”

“哦，到那时候，就可以摆脱这差事，恢复自由身了吗？”

“其实，并非如此。”士兵说着，潸然泪下。

“你为何这般哭泣？”

“我刚才说，这塔还有三年左右就能建成……”

“那你为何要哭泣呢？”

“这塔建成后，紧接着就要将它拆毁。”

“拆毁是什么意思？”

“每当塔建成之后，那些身覆红甲的士兵就会下令……”

“什么命令？”

“他们会说，从现在起，你们开始把石头从这建好的塔上搬走，恢复这片草原的原貌吧……”

“把石头搬走？恢复草原原貌，是指……”

“就是字面上的意思。”

“这是为何？究竟出于什么原因，不得不拆毁刚刚建成的塔呢？”

“这就是我等的命运啊。”

“命运？”

“约在百年前，那些红甲士兵的国家同我国交战，我们战败了。他们就开始折磨我们，为了让我们绝望，勒令我们不断地重复建塔、毁塔……”

“竟会如此……”

“塔初次建成时，我们十分高兴。尽管是战败之身，成了阶下囚，做着苦役，但竣工时仍能感受到那无可替代的成就感。塔建成了，本以为足足七年的辛苦劳作总算有了回报。可是，当我们接到命令，要将那塔拆毁时……”

说话间，那有着坚毅下巴的男人扑簌簌地流下泪来。

“建塔花七年，毁塔又要七年。拆毁后，接着又一次在原址上建塔，建成后再将它拆毁。百年来，我们就这样一遍又一遍地重复……”

“实在是……这也……”

政常对眼前这个有四方下巴的男人心生同情，同时若有所思。

“不过，这世间众生，不也像这些黑甲士兵一样吗？为达成某事日复一日地劳作。但真的有功成的那一天吗？即使完成了，这一生也尚未走到尽头，只能继续重复相同之事，循环往复，周而复始，不正是眼下的我们吗……”

啊，这世间的万事万物皆是徒然吗？

既然如此——

“不如出家，作为僧人在这虚妄的人世间活下去……”

政常不禁低语道。

“啊，您是打算剃度出家吗？若是那样，我等有一事相求。待您成为得道高僧后，能否祈求佛祖，把我们从这苦役中解放出来……”

“嗯，当然可以……”

政常轻声应下之际，天色渐亮，他从梦中醒了过来。

四

“就是这么一回事。”

玄珍僧都登门后在檐廊上入座，向晴明和博雅说了事情始末。

露子也端坐于两人身后，听玄珍讲述。

按理说，像这样一位父亲官居从三位的贵族小姐，应是躲在竹帘后，不轻易抛头露面的，但露子却对此毫不在意。

“所以，您察觉到此事是在……”晴明问。

“在昨晚的梦里。”玄珍答道。

晴明像是在思索什么，沉默了片刻后，开口说道：“从您所说的来看，此事是由数个咒——不，应是由数个机缘缔结而成……”

“数个机缘？”

“是的。不过我也还不清楚真相，不如明日我们一同去广隆寺看看？”

“去广隆寺？”

“是的。想必诸多事宜，都能在广隆寺中找到答案……”

“好……”

“听闻您在十五年前，亲手雕刻了一尊文殊菩萨像，供奉在广隆寺中，祭奠那些战死的人们……”

“确有此事。”

“说起来，比叡山上有尊宏伟的大威德明王[①]像吧。”

“是的。”

“那么，您今日归去后，请在大威德明王像前设一护摩坛[②]，在坛中炉火熊熊燃烧时，吟诵大威德明王的真言：唵·瑟置哩·迦攞噜跛·吽·欠·娑缚贺。如此祈愿一整夜，祈求佛祖解救那些身覆黑甲者。待天亮后，请前往广隆寺。我们也会计算好时间，前往广隆寺同您会合。”

“好、好的……”

---

① 又称阎魔敌，密宗中文殊菩萨的化身，有降伏恶魔、解众生缚的功德。

② 又称光明坛，其中央设置火炉，焚烧供物以驱魔求福。

玄珍点点头，似乎还有些不明所以。

“若天时地利，得大威德明王感应，或许在我们抵达前，事情已经解决了。要真是那样的话，我们就当去看个结果也不错。”

“好的。”

玄珍似有觉悟般微微颔首——既然因怪梦之事来找晴明商量了，就得按照他说的去办。

五

其实博雅依然毫无头绪。

玄珍离开后，他开口问道：“晴明啊，这到底是怎么回事？你解释一下吧，让我也能明白。”

“说出来，就没意思了。再说，我还有很多地方不太清楚……”

“你方才提到了缘啊、咒啊那些吧。”

“嗯，缘和咒，本就是相似之物……”

“绕不过咒的话题吗？”

“嗯，要是让我在此说明的话。”

“唔……”

“嗯，明天去了不就知道了。”

“去了就知道……莫非，明天我也要去？”

“你也要去。”

“什么？”

“你没听到我方才和玄珍大人说，‘等我们抵达’吗？”

“我们？”

“我们，意思就是包括你在内。”

“包括我？”

“怎么样，去吗？”

“唔，嗯。”

“那走吧。”

晴明话音刚落，只听露子说：“我也……”

“晴明大人，您方才说‘我们’的时候，朝我看了一眼吧。这‘我们’之中，也包括露子我吧？”

“那么，露子也一同去吧？”晴明问。

“去。”露子两颊绯红，欣喜地说道。

“走。”

“走。”

事情就这么定下来了。

六

晴明和博雅，还有露子到达广隆寺时，玄珍的身影也刚好出现在寺院的山门下。

此前，晴明已让蜜虫将欲拜访之事告知了广隆寺方面。

在山门前迎接四人的，是位唤作仙朝的僧人。

十五年前，玄珍皈依佛门时，曾受到仙朝的照顾。晴明和仙朝则是通过广泽的宽朝僧正结识。

“博雅大人、晴明大人、玄珍大人，有失远迎。”

说着，仙朝看向了露子。

正当他还在辨认眼前这位是公子，还是姑娘时，只听露子明快地自我介绍道：“我叫露子。”

一听这名字，仙朝恍然道：“原来是橘实之大人的千金，那位虫姬啊……”

“是露子姬哦。”晴明补充道。

“这可真是……”仙朝露出舒心的笑容，“虽是初次见面，姑娘的笑脸就像我寺中的弥勒佛般展颜开怀。不管是佛祖也好，邪魔也罢，无论是谁，为了看到这样的笑容，怕什么都愿意做吧……”

仙朝对露子合掌略施一礼。

“哎呀……”露子的脸颊上泛起了红晕。

此时，正朝寺里头探看情况的晴明轻声说：“似乎有些吵闹。”

“是的，今天早上出了点乱子。实在抱歉，各位远道而来，还未及详谈……”

“发生了什么事？”

“本寺每年都会举办牛祭①……”

牛祭，是一年一度在广隆寺内的大酒神社举办的祭典。在这秋日祭典上，由赤鬼、青鬼等四天王领头，摩多罗神②骑牛巡寺游行。

“摩多罗神所骑的牛此前一直养在寺中。今早失控逃了出去……”

“什么？！”

“好在没出什么大事，只是寺中厢房后的蚁冢被那牛踩坏了……”

“厢房后的蚁冢？”

“正是。”

“被牛踩坏了？”

“是的。”仙朝颔首。

“玄珍大人，看来您昨晚的祈愿灵验了。”晴明说。

“灵验了？”

“是的。”

看着晴明笃定地点头，玄珍却还是不太明白。

同样一头雾水的还有博雅。

“哎，晴明，你到底知道了些什么？知道的话就告诉我们吧。”

---

① 京都广隆寺于每年十月十二日举行的祭典，祈求天下安稳、除灾治病等。祭典中，摩多罗神乘牛而进，故称牛祭。

② 日本天台宗延历寺常行三昧堂的守护神。

“不是的，博雅大人。我听闻牛出逃一事，也只知是祈愿灵验，但尚未解开事件的全貌。不如我们一同先去现场看一看，可好？”说完，晴明看向仙朝：“能否请您带我们去那厢房的后方？”

“当然可以。”

仙朝领头，走在众人前方。

走过正殿，仙朝绕到了庙宇后侧，晴明一行紧随其后。

片刻后——

“就是这里。”

仙朝在厢房后停下脚步，他的跟前有一个像是泥土和沙石堆成的小丘。

虽说是土丘，其实就是高度及人小腿处的泥土块。周边四角各立有一木桩，桩和桩之间系有绳索，将土块围在中间。

但目前两根木桩已然歪斜，绳子也并未妥善地围起土块。看来是那牛闯入后，破坏了原本的构造。

“此处约在百年前就形成了与成人等高的蚁冢，且在每七年间变大或缩小。一般来说，蚂蚁筑不起这么高大的蚁冢，所以十分稀奇。而那时大时小的情形，也颇为不可思议。因此从约七十年前开始，就将此处围了起来，避免人触碰。”

“您说这是在一百年前出现的，当时发生了什么事吗？”

“有过一场战役。”

“战役？”

“一百年前，就在这附近，发生了一场蚁类大战。当然，百年过去了，亲眼目睹过的人都已不在，不过那场战役流传至今。相传当时，数量惊人的蚁群在此地争斗，最终应该是一方取得了胜利。自那以后，此处就出现了蚁冢。”

“每隔七年建冢，之后再毁掉……”博雅嘀咕着。

“是的。”仙朝颔首道。

此时，凝视着地面的露子开口道："这是大黑蚁和赤胸蚁呀。"

"你认得？"晴明问道。

"嗯，普通的黑色的是大黑蚁，腹部周边呈红色的是赤胸蚁。"

看来露子已经为那两种蚂蚁取好了名字。

这么一看，确实如此，在被牛踩坏的蚁冢附近，两种蚂蚁正东奔西窜。

"也就是说，这两种蚂蚁就是玄珍大人话中提到的身覆黑甲和红甲之人吗？"博雅说道。

"赤胸蚁时常会垒起土堆。它们在掘土筑巢时，会将掘出的泥沙堆积在巢穴附近，但没有见过垒成这么大的。不过，它们还有一个特性……"

"是什么？"

"赤胸蚁喜欢狩猎。"

"狩猎？"

"和其他蚁类打斗，俘获奴隶为自己工作。"

露子说到这儿，抬头看了眼玄珍。

"这，怎么会……"

如此喃喃后，玄珍无语凝噎，久久地伫立在原地。

七

已是日暮时分。

西边的天际尚余一丝微明，而在晴明的庭院中，夜色已如潮涌般围拢来。

燃着灯烛，晴明和博雅坐在檐廊上饮酒。

露子坐在一旁斟酒。

暮蝉不再鸣唱，两三点萤火虫的光，萦绕在池边。

"喂，晴明，告诉我吧。"博雅端着盛有酒的杯盏说。

"什么，博雅？"

"你事先到底知道多少呀？"

"真要说知不知情，其实我什么也不知道。完全没想到那身覆红甲和黑甲之人，竟是蚂蚁……"

"可是，你当时一副了然于胸的样子，让玄珍大人在大威德明王前，设护摩坛祈愿……"

"那是有原因的。"

"什么原因？"

"十五年前，玄珍大人供拜的，正是文殊菩萨像。"

"什么?！"

"而大威德明王是文殊菩萨的化身。"

"什么……"

"那身覆黑甲的男子，拜托玄珍大人在出家后为他们祈愿，这祈愿的对象自然是玄珍大人供奉的文殊菩萨，而非其他神佛吧。那男子之所以会出现在他梦中，也是其厌战之心得到了文殊菩萨的感应。而大威德明王作为文殊菩萨的化身，法力最为高强。若玄珍大人仅仅只是在广隆寺中留宿一夜，想来也不会发生这样的事情……"

"唔，嗯……"

"所以，有什么祈求之事，自然是向文殊菩萨的化身大威德明王祈愿会比较灵验。事实也确实如此，不是吗……"

"那么，那牛……"

"说到广隆寺、文殊菩萨和大威德明王的话，自然而然地就想到牛了。"

"什么？"

"博雅，你知道广隆寺的牛祭吧。那文殊菩萨的化身、大威德明王的坐骑正是……"

“是牛，水牛吗？”博雅不自觉地提高了音量。

“发现这其中不可思议的关联了吧。”

“你说过，此事中似乎结有数个咒和缘……”

“指的就是这个。”

“可是，怎么可能……”

“多半是在那附近筑巢的蚂蚁，日日沐浴在寺中僧众的诵经声中，耳濡目染，拥有了能建起那样高大的蚁冢的力量……”

“那把手下败将当作奴隶，让它们建冢是……”

“听说不知是在天竺还是唐国，两国交战，为了挫顿战败国士兵的士气，会采取这种方式……”

“什么？”

“命他们筑城，建成后，再亲手摧毁，毁后再重建。如此循环往复，直到他们精力耗尽，成为废人……”

“你连这种事情也知道啊？”

“这点还是知道的。”

晴明说着，一脸享受地饮尽了杯中酒。露子往空了的杯盏中续酒。

“不过这次，还多亏了露子，解开了我晴明也不知道的谜。”

“啊呀。”

得到晴明夸赞，露子脸颊飞起两朵红霞。

晴明从露子手中取过酒瓶，将自己的酒盏递给她。

“喝一杯吗？”

“那我不客气啦。”

晴明为她斟上酒，露子饮得津津有味。

“话说回来，晴明啊……”博雅喃喃道。

“怎么了？”

“经过这次的事情，我深有触动……”

“哦？”

“人，到底是为了什么而活着的呢？蚂蚁建起塔，把它拆毁，再建塔、毁塔……而人所做之事，归根到底不也是如此吗？那我们的所作所为，真的有意义吗……”

“……”

“人……不，与其说人，不如就说我自己吧。我活在世上，到底所为何……”

博雅说到一半停了下来，陷入了沉默。

“博雅啊……”晴明开口了。他的声音蕴含着平日少有的温柔。

“怎么了，晴明……”

“一个人的价值，并不是由他本人决定的……”

“哎……”

“就像对人施咒的也不是本人，而是他身边的人。道理是一样的。同样是石头，有人认为它是镇石，用来压物，也有人把它当作敲击的工具使用，当然也有人把它当成武器掷击……”

“……”

“你我的价值，也是由他人决定的。博雅啊，你存在于这世间，这本身就是有意义的啊。因为对我晴明来说，你是无法取代的存在。你只要在那里，我就已对上苍心存感激。这正是博雅对我而言在这个世上的意义……”

“喂、喂，晴明……”

“怎么了，博雅？”

“你别突然用这种表情和语气，说这样的话呀。”

“是吗……”

“这让我不知如何是好了。”

“没什么好烦恼的。”

“傻瓜……”

博雅搁下杯盏，从怀中取出叶二，抵在唇上。

温柔的音色，从笛孔流溢而出。

樱花树间，萤火虫和着笛音曼妙轻舞。

“真是天籁啊，博雅……”晴明轻叹。

“动听极了……”露子说。

八

听说自那以后，那被牛踏毁的蚁冢，再也没有被建起。

露子姬

一

不知何处，有谁在歌唱。

有细弱而恬静的嗓音传来。

白雪尚飞空，阳春已来崇
莺鸣冰冻泪，此日应消融

是女人的歌声。

从哪儿传来的呢？感觉是庭院的方向。

可是现在庭院中，正夜色深沉。

那样微弱的幽幽的歌声，却能抵达耳底，像是小精灵在耳朵深处细语呢喃。

露子知道，这是一个梦。

因为这半个月来，她常常梦见同样的场景。

她掀开被褥，坐起身。四周黑漆漆的。

接着，她慢慢站起来。

她清楚地知道，就算起身了，自己仍是在梦中。

露子迈开脚步。

即使置身于黑暗中，依旧能分辨周遭环境。明明没有光亮，却看得见前方。

绕过围屏，打开格子窗，室外的寒气拍打在身上。

许是在梦里的缘故，所以心知是寒气，却感觉不到冷意。

身子很轻盈，仿佛悬浮在离地面一寸多的上空，脚不着地地行走。

来到檐廊上，露子停下脚步，眼前是一望无际的黑暗。

夜色不断地向远处延伸着。

本该是皓月当空，满庭清辉，可眼下什么也看不见。

漆黑的夜幕下有一人茕茕孑立，是个穿着淡紫色衣衫的女子。

她尚年幼，头上戴着斗笠。那斗笠又黑又大。

斗笠看上去很沉，她举起两条纤细的浅绿色手臂勉力支撑着。

她吃力地微微仰起头，看向露子。

她的眼睛在说话。

比想象中年纪还要小。约莫八九岁？

“你是谁？”露子问，“你想对我说什么？”

话音落下，戴着黑斗笠的女孩没有回答，而是抬起那双像是在倾诉的眼眸，凝视着露子，又一次吟咏起那首和歌。

白雪尚飞空，阳春已来祟
莺鸣冰冻泪，此日应消融

“这是什么歌……”露子问。

每当这时，露子就会从梦中醒来。

这样的情形已经持续半个月了。

二

“这是《古今集》中，二条后[1]所作的和歌。”

土御门大路晴明宅邸，晴明坐在檐廊上说道。

他正和源博雅面对面坐着，惬意地饮酒。

庭中的梅花多已散落，而樱花正鼓起花蕾。

在两人身旁往杯中斟酒的，不是蜜虫，而是露子姬。

露子都十八岁了，仍是一张天真烂漫的面容，看着像个小女孩。

她没有拔眉，也不染牙齿，就算是在贵族子弟聚集的场合，她也毫不在意地抛头露面。

她家住四条大路，是橘实之大人的千金。

平日里身穿白色水干，像男人一样戴着乌帽子[2]。将一头长发束在脑后，藏于乌帽子中，俨然一名大眼明眸的美少年。

露子在晴明家做客，刚把近来常常梦到的情形，同晴明和博雅讲了一遍。

“我也只知道这些，之后就不清楚了……”

露子边往晴明的空杯中斟酒，边说道。

“确实……”

晴明点点头。

“晴明啊，你怎么记得这么清楚呢？我只能大概想到，那首歌应该是《古今集》里的，可连作者名都立刻报出来这种事，我完全办不到……”

博雅端着杯盏的手停在半空，杯中酒盛得满满当当的。

《古今集》，更确切地说，应是《古今和歌集》。

对于当时的贵族来说，知道它是理所应当的，是培育基本素养

---

① 原名藤原高子，日本平安时代初期清和天皇的女御，阳城天皇之母。

② 日本平安时代贵族男子戴的礼帽。

的必读之物。

在当时，所谓“读”，并不仅仅指走马观花浏览一遍，而是要在先生的讲解下，逐字逐句地领会其意并牢记。可以说，这里的“读”基本等同于“熟记”。

“不知道也无妨，没必要硬记下来。”

“唉，对答自如的人总是说得这样轻描淡写。可是像我们这种答不上来的，是多么羡慕你这样厉害的人呀，晴明。”

“博雅，你真是个坦率的人。”

“晴明，你这算是夸奖吗？”

博雅一口气饮尽了杯中酒。露子往空杯盏中续上酒。

“不，与其说是夸奖，我只是在感叹，你是个让人喜欢的男子。大多数人对自己不知道的事情，总是很难如此坦率。”

“是吗……”博雅再次举杯将酒送到口中，“唉，不管如何，咱们还是说回这个不可思议的梦，你知道点什么吗？”

“好吧……”晴明说着，望向庭院。

轻柔的绿意，从庭中的泥土里纷纷冒出头来。

“晴明大人，若您知道了些什么，要告诉我哦。”

“嗯。”

晴明点点头，从庭中收回视线，看向露子。

“是西方吧……”他轻声自语道。

“西方？”

“今天你回去后，到寝室西面的庭院中去找找看。”

“找，找什么？”

“姑娘啊，更具体的我也说不上来了。不过，要快些解开这个谜语的话，关键应该在于歌词中的‘莺’。”

“莺……”

“莺，是鸟吧……”

“说到鸟——啊啊，我知道了，是指酉的方位吧。”①

酉对应的方位，是正西方。

“嗯。”

“晴明大人，谢谢您。”

露子说着，眼神闪闪发光。没过一会儿，她就离开晴明宅邸，回家去了。

三

“啊呀，竟在这种地方。”

露子轻呼一声。

她正在寝室西面的庭院中，站在一棵樱花树的树根旁。

只见树根上压着一颗黑色的圆石头，和露子的拳头差不多大。

露子伸出右手，拿起石头，看到了底下之物。

“啊，你可真是位风雅的小家伙呢。”她欣喜地说道。

“直接告诉我不就好了，还要特地把话藏在歌里。”

石头底下藏着一片紫罗兰的嫩叶，淡淡的绿意惹人怜爱。

今年刚破土的紫罗兰，有一半被压在石下，有些被压折了。

“得赶快去告诉晴明大人和博雅大人……”

等那株紫罗兰的叶子慢慢抬头，挺直了茎干，开出浅紫色的花儿来，已是四天后的事情了。

① 日语中“鸟”和“酉”同音，均读作“TORI”。十二地支中，酉的位置在正西方。

吞月佛

一

博雅在吹笛。

叶二是朱雀门之鬼所赠的龙笛。

夜晚，皓月当空。

本应在宫中值宿，奈何月色实在撩人，博雅便悄然出宫，来到这神泉苑中。

挂在天际的，是十三夜的月亮。还未至满月，稍留亏缺。

尽管不如满月那样盈满，却自有一番难以言喻的风情。

借着十三夜之月的清辉，即使没有烛火，也看得清前路。

博雅从西侧的残垣处进入苑内，驻足于池畔，吹起横笛。

四面林木环绕，沐浴在月光下的钓殿[①]倒映在池面上。

还有，那十三夜的月亮。

博雅边吹奏叶二，边眺望着水中与天上的两轮明月。

樱花已散尽，新绿从树木间冒出尖儿来。

① 平安时代贵族的住宅中，靠近池边的建筑被称为钓殿，位于中门廊的前方。

枫、榉、柳、樱、四照花……绿得不尽相同。树有多少种，就有多少浓淡各异、蓊蓊郁郁的绿。尽管此刻笼罩在月色里看不分明，博雅依旧能感觉得到。

地上，鸢尾、野萱草、银线草、玉竹等花草，一簇簇、一丛丛遍地生长着。有的才刚刚发芽，有的已开出花来。

草木染绿的芬芳，溶入夜晚的空气中，脉脉地流淌、浮现。

博雅闻着清香，吹着笛，仿佛这副身躯也要融化在那香气和自己吹奏的笛音中。

明澈的笛音在月华中回响，草木清香萦绕其间，笛音似乎也隐约透出浅碧的光芒。

博雅合上眼帘。

本应什么也看不到的，却在黑暗中感觉到有朦胧的微光，在眼睑深处摇曳。

博雅吹着笛，不由得出神了。

此时——

博雅察觉到某种气息，睁开了眼睛。

然后，他看见了池对岸，耸立着一尊巨大的佛。

那身量，目测四十尺有余。

竟是闪着金光的药师如来。

若是一般人见了此景，怕是会“啊”的一声惊呼，已无心吹笛了。

博雅却不同。

他虽然惊异，却没有停止吹奏，也没有惊叫或逃开，一如既往地吹着笛。

博雅深深地为之感动着。

这是何等美丽……他边吹笛，边如此感叹。

诚然，如来光彩夺目。不仅面庞和肌肤闪着金光，连身上的衣饰也是金黄一片，流光潋滟。

如来身侧的枫树，只及他的腰间。

如来头顶上是更高远的苍穹，十三夜的月亮朗照着四方。

他到底是从什么时候起，伫立在那里的呢？又是从何处出现的呢？

只见如来静静地站在原地，凝视着池面月亮的倒影。

如来的双手相叠于自己的肚脐处，那交叠的手上托有一物——闪着金光的药壶。

不经意间，药师如来动了，朝着池塘弯下腰来，拿着药壶的右手向前伸去。

一眨眼工夫，药壶已有一半没入池中。

明月映在水中，清光四溢。

一捧池水被舀起。那药师如来竟用右手所持的药壶，将倒映在水中的月亮捞了起来。

如来直起身子，将右手握着的药壶举到面前，壶沿抵在唇上。

接着——只见药师如来将药壶中的水，连同水中月一同饮尽。

博雅深感震撼。

方才还浮在水面上的明月，凭空消失了。实在不可思议。

照常理，如此这般激起涟漪后，只需片刻，等水波平静下来，月亮就会重现于波光粼粼的水面上。

然而，月亮并没有回来。

池面上，方才还光辉照人的明月，现在已不见踪影。

二

“是真的，晴明，我真的碰到了那样的事情。”

在土御门大路安倍晴明的宅邸中，博雅这么说着。

两人正坐在檐廊的蒲团上，饮着酒。

晴明左手持杯，背倚廊柱，支起单膝，右肘搁在膝上。

“是吗……”

晴明边听着，边放眼庭中，也不知他对博雅的话有没有兴趣。

春天，樱花散落，花期将尽。

樱树的枝叶日渐葱郁，树下的牡丹开得红艳。

晴明的视线，仿佛是被那红牡丹的花色所吸引。

樱花落了，紫藤花还未绽放，适逢奇妙的时令间隙。

“喂，晴明，我说的可都是真的。其实，昨晚也发生了同样的事情。”

事发的后一晚，也就是昨晚，博雅又一次在夜间前往神泉苑。

他遥望着十四夜的月亮，吹起笛子。随后，那金光灿烂的药师如来现身了，用药壶盛起映于水中的明月，饮入喉中。

“那场景真是神圣无比，美不胜收。晴明，我当时一点也没有感觉到害怕。”

害怕的话就不会去了。博雅如此说道。

“别说是害怕，我无论如何也想再瞻仰一次佛祖的尊容，所以才再次前往……”

如来吞饮水中月后，夜空中明月依旧，池中却已无月影。和前一晚别无二致。

药师如来悠然而立，抬头望向天际。片刻后转过身去，一步一步离开了。

那离去的背影越来越小，最终在树下消失了踪影。

事情到这里，同前一晚没有区别。

“晴明啊，那之后就发生了奇妙的事情。也就是昨晚之事……”

他方才开始讲起那件奇妙的事情来。

那晚，博雅从神泉苑回来后，躺在被褥中，没想到很快就进入了梦乡。

他方才明明还沉浸在兴奋之中。

见到奇异光景的第一晚，回来睡在被褥中，脑海里仍不断地浮现那光景。巍巍如来，皎皎明月，还有自己吹奏的笛声仍回荡在耳畔。反复回味着，完全没有睡意。

然而昨夜，他竟很快睡着了。

沉眠中，他做了一个梦。

梦里有个女人，还是个长发明眸的美人。她身着青衣，站在博雅的枕边哭泣。

梦中，博雅出声询问："你这是怎么了？是有什么伤心事吗？"

他明知这是梦，却仿佛感觉那女人真的站在自己枕边。若是此时睁开眼睛，是否就能看到她呢?

"请帮帮我……"女人说。

"发生什么事了，要我怎么帮你才好呢？"

"您看到了吧。博雅大人，您连续两晚在神泉苑，应该见过那景象了吧？"

"你指那尊巨大的药师如来，将池水和明月一同饮下之事吧？"

"是的，正是此事。"泪珠从女人的眼中扑簌簌地滑落，"已经连续这样十三天了……"

"十三天？"

"明晚还会发生同样的事，到时还请您设法阻止他吞饮月亮，拜托、拜托了……"

女人的声音变得微不可闻。

此时，博雅睁开了眼睛。

果然是个梦，醒来后，哪儿也寻不见那女人的身影。

只是，当博雅将手伸到被子外时，摸到了触感冰凉的东西——是水。

枕边的地板濡湿了一片，似乎就是梦中女人所立之处。

“事情的经过就是这样，我想听听你的想法，就过来找你了，晴明……”

博雅说完，将右手中的酒一饮而尽。蜜虫往空杯中斟酒。

晴明仍望着庭院。

“晴明啊，你在听我说话吗？”

“听着呢。”晴明终于将视线转向博雅。

“那你得给点反应呀，不然我怎么知道你在听……”

“抱歉，博雅，我在想一些事情。”

“想事情？你果然没在听我说话呀……”

“不是的，正是因为听了你的话，才想到的。”

“什么？”

“其实，前不久，兼家大人那里派人来，说是有事情想找我帮忙。”

“帮忙？”

“是的，约半个月前，兼家大人十分珍视的佛龛被人偷走了。”

佛龛即安置佛像之所，做成四面堂样式，多设有中开的门扉。

小型佛龛单掌可托，大型的可能一个成年人都难以搬动，花样繁多、色泽各异。

“是个孩童身量大小的佛龛，上面用螺钿勾勒着极乐图……”

“这和我遭遇的事有什么联系吗？”

“原本供奉于那佛龛中的，正是药师如来。博雅，你怎么看？”

“唔……”博雅搁下本欲递至唇边的酒盏，嘀咕道，“这、这到底是怎么回事啊，晴明？”

“不觉得这两者间有什么联系吗？”

“有什么联系呀，晴明？”

“我这不是正在想嘛。”

“想通了吗？”

“还没。”晴明轻摇脑袋，“不过，也不是完全没有头绪。”

他像是在说给自己听一般。

“那你想到了什么？”

“现在还说不清楚。不过，确实有必要去实地走一趟。”

“走一趟……去哪里？”

“神泉苑。如果你说的没错，那吞月的药师如来今晚一定也会出现吧。”

“唔，嗯。”

“怎么样，去吗？”

“噢。”

“走。”

“走。”

事情就这么定下来了。

三

神泉苑内。

池畔铺着毛毡，晴明和博雅正坐在上面饮酒。

毛毡上立有烛台，一灯如豆。

两人间放着托盘，其上杯盏成双。杯中盛有酒，酒香和草木的芬芳融到一处。

每当杯盏空了，蜜虫便会持瓶斟酒。

夜空中，一轮满月刚从东山升起，要等到月高悬于中天，仍需要一点时间。与其干等着，不如备好酒，且酌且等候。

皇家园林神泉苑，建于延历十三年（794）。

据《日本纪略》记载，延历十九年（800）七月，桓武天皇到神泉苑游幸。两年后，于延历二十一年（802）在苑池举行游宴。

那汪池水，经长年日照也未见干涸。

当年，东寺的空海和西寺的守敏正是在这神泉苑进行祈雨对决。当时空海施法召来住在天竺阿耨达池中的善女龙王，降下甘霖。

之所以说这池水不会枯竭，是因为神泉苑的水池和阿耨达池底部是相通的。

满月初升之时，周遭还留有些许落日余晖。而当满月渐渐升上高空，四周的景色也随之黯淡。

此刻，夜幕已完全降临。

博雅饮着酒，时而吹奏叶二。

待夜至深更，月将近中天时——

“来了。”

晴明搁下手中杯盏，望向对岸。博雅也放下了杯盏。

“唔……”

他支着单膝，抬起头来。

对岸的森林深处，有金光在闪烁。

很微小的光芒，像是谁点燃了一簇火苗。

紧接着，光点缓缓变大，愈发明亮起来。

它不断膨胀，直到对岸枫树、樱树的树冠都被那道光芒覆盖。

“哦……”博雅惊叹。

金光中，浮现出一张面孔，是药师如来的脸庞。而且位置渐渐升高，往上伸展，高过了树梢。

枫树看起来只及如来的腰部。

药师如来动了，慢腾腾地朝池边迈步。

他拨开林木，在池边停下了脚步。

果真是药师如来。

他双手托着药壶，随后，将药壶换到右手上。

“晴明，我说得没错吧。接着他就会用这个药壶捞月吞饮了。”

博雅说着看向晴明，而晴明已朝池边走去。

晴明在池边站定，弯腰拾起一物。

此时，如来也弯下了身子，右手正拿着药壶向前方伸去。

有什么东西从晴明的右手中飞出。原来是颗石子儿。

就在如来的药壶将要捞起月亮之际，那颗石子儿击中了水中的月影。

明月顷刻间在水面碎裂开来，化作无数的光斑，在水波中翩翩起舞。

如来的动作一顿，接着像是在搜索般，抬头环视了一圈，随后用左手轻叩水面。

波光粼粼的水面瞬间平静了下来，月亮重新回到了水平如镜的池面上。

如来的右手再次向前伸去，准备用药壶捞月。

此时，月亮不见了。

如来抬头望天，夜空中飘来云雾。

那云雾并不大，小小的一朵。

奇怪的是，那云只盘踞于月亮附近，恰好遮挡了月的光影。

晴明右手的食指抵在自己殷红的唇上，低声吟咒。

原来是晴明施法变出的云彩。

“别念了，晴明，到此为止吧……”对岸有人开口道，“我这就到你那边去……”

是男人的声音。

如来转过身去，走回森林中。

那光芒慢慢变小，如来的身形也逐渐矮了下去，不一会儿，那光连同如来的身影一起消失了。

又过了片刻——

“没想到你会来啊，晴明。”声音从一旁的暗处传来。

有人缓缓走到月华和烛火的光亮中，他是名老者，顶着一头乱蓬蓬的白发，黄色的眸子炯炯有神。

来人正是芦屋道满。他背着一个和孩童差不多高的佛龛。

“果真是您啊，道满大人。”

晴明停下吟咒，对他说道。

“真是的，还差一点，就能获得一个不错的式神了。”

“若是耽误了龙鲤升月，那以后任谁在这神泉苑中施展法术，也没法求得降雨了哦。”

“说的也是啊。”道满轻笑一声。

“喂，晴明，这到底怎么回事啊，我可是完全搞不懂……”博雅插话道。

“我也并非完全了解事情全貌，不过看来马上能水落石出了。”

“马上？怎么说？”

“这月亮的倒影，即将来到池的正中央。”

晴明将目光投向苑池的方向。

池中，映着一轮满月。

“那月亮有什么问题吗？”

“嗯，你好好看着。”

“你让我看什么……”

“来了，博雅，快看。”

晴明话音刚落，博雅就看到有黑影在水中缓慢摇摆，他生生将本欲出口的一声“啊”咽了回去。

深不可测的池底，有黑影在摆动。

那黑影渐渐靠近水面。

竟是条大鱼。

一条月白色的鱼，从漆黑的池水中缓缓游上来。

鱼身体的表面闪着磷光。

“是鲤鱼！”博雅惊呼道。

真是个庞然大物。那鲤鱼身长六尺有余，比人还要大上一两圈。青色的鱼鳞紧贴着水面，流光熠熠。

鲤鱼绕着水中月巡游一圈后，张大鱼嘴，“啵咕”一口，将月亮吞进腹中。

水中的月亮不见了。

夜幕下月悬中天，池面上却无月影。

这情形，和药师如来用药壶捞月时一模一样。

“喂，晴明，月……”

“我看到了。”

在三人的注视下，距离他们所在的岸边约九尺处的水面上，升起了一个气泡，气泡中浮现出一个人的身姿，赤足立在水面上。

是个绾着唐髻的青衣女人。

“晴明大人、博雅大人，感激不尽。”

女人略施一礼。她有一头长发、一双明眸。

“来到我梦中的，是你吧？”博雅问。

“正是。”女人颔首，“我是这池中的鲤鱼，已在此住了将近两百年了。”

“两百年……”

“距今一百多年以前，高野的空海和尚曾在这苑池中举行祈雨法会……”

“有所耳闻。”晴明说。

“当时，空海大人从天竺的阿耨达池中，恭请来善女龙王。那时，为善女龙王带路，将她领到池中的正是我……”

“唔。”

“当时，善女龙王对我说道：‘作为答谢，来日助你化龙飞天。’”

“飞天？”

“‘每年此时，从新月的翌日起直到满月，将这十四日间映于池中之月尽数吞下。如此修行一百回，经百年岁月，等到第一百回吞月之时，你就能获得升天的灵力。’——她便是这样告诉我的。”

“可是，已过去一百多年了……”

“说是一百回，可并非每年都能遇上天晴月明。时而下雨，时而彩云遮月，等我攒满九十九回时，花费的时日早已超过百年……”

“今年是第一百回……”

“正是。”女人颔首。

“不想，却被道满大人打搅了。”晴明说。

“哎呀，老朽并非有意阻挠。好吧，就算是被你说准了……”道满挠挠头，看了眼晴明，“老朽早已知晓，这苑池中的龙鲤和善女龙王有过升月之约。晴明，你应该也知道吧？”

“是的。”

“不过，你应该不知，升月或许能在今年顺遂……”

“确实全然不知。道满大人，您是如何知晓的？”

“老朽所养的式神遍布各地。在这神泉苑中也有，是只背甲长二尺的鳖。那家伙经年累月，已活了九十载。约莫一个月前，老朽来到此处，听它说，这池中的龙鲤，终于将在今年化龙升月。因此，便想到了这个办法。”

“这个办法是指……”

“赶在龙鲤之前抢走这池中月，再以此为饵，让它成为我的式神。”

“怎样做……”

“每替老朽办一件事，就赠予它一轮月亮。如此，能派上不少用处呢。”

“可是，一到明年，月亮就……”

“到明年再说呗。说不定到时云雾缭绕，或降下雨来，或有某物来此先把月亮给吞了。毕竟升月的条件必须满足月悬中天，在池的正上方投下月影，不吞下那中天月影便无法升月。所以只需在此之前，将月亮收入囊中。”

“所以让药师如来……”

“正是如此。没有一件像样的器皿的话，是无法捞起池中月的。而没有什么是药师如来手中的药壶盛不起来的。”

“原来如此。”

“老朽早有所闻，兼家的宅邸中有个大小正合适的药师如来，便偷来一用。”

“那么，现在您打算怎么办？”

“你是指老朽收集的月亮吗？”

“是的。”

“既然被你打断，那老朽的如意算盘也没戏了，便如数归还吧……”

“如此，是最好不过了……”晴明朝道满躬身行礼，随后对那立于水中的女人说：“如你所闻。”

女人朝晴明和博雅躬身为礼，脸上隐约露出一抹微笑。

下一刻，她的身影宛如消融进了水里，顿时了无踪影。

道满放下佛龛，打开门扉，然后从里面取出黄金的药师如来，放在地上。

他伸出右手指尖，抵在如来的背上，低声吟起咒来。

扑簌、扑簌，亮晶晶的珠子从如来的口中溢出，滚落到它手中的药壶内。

一共十三颗，大小各异。

道满抓起珠子，投向池中。每颗落入池中的小珠子，都化作了一轮水中月。

十四夜的月亮、十三夜的月亮、十二夜的月亮……

十三盏泓月，照得水面熠熠生辉，美不胜收。

青鲤在水中显现身形，将明月逐一吞下。

尽数吞入腹中后，青鲤在水中隐去了身姿。

"晴明啊，有眼福了……"

道满说着，在毛毡上坐下，招呼晴明和博雅。

晴明、博雅和道满并排坐在一起。蜜虫往晴明和博雅的杯盏中斟酒。

"拿来。"道满一把取过蜜虫手中的酒瓶，"这剩下的，都归老朽了，不介意吧？"

"好。"晴明点点头。

道满右手握住瓶颈，嘴对上瓶口，将瓶子稍稍倾斜。

咕咚、咕咚，道满的喉结上下滚动。

"好酒。"

"道满大人。"博雅唤他。

"何事？"

"道满大人，您如此一番折腾，不会是为了这口酒吧？"

"怎么会呢。"

"道满大人，您可真是不坦率啊……"

博雅谈笑间，池中央冒起了白色泡沫，向四周扩散开来——

倏忽之间，一条龙悄然从中跃起。

是一条青龙。

无风动、无雷鸣，也无披云卷雾。

龙头先显现出来，接着宛如将月华裹在躯体上一般，龙从容不迫地升向天际。

无数的水珠，从龙的身上洒落，每一滴都映着月光。

"太壮观了……"

博雅微不可闻地轻叹。

龙腾跃至比钓殿的屋顶还高的地方时，俯下脑袋，像是施礼般点了点头。

之后，龙在月光中越升越高，须臾消失在天际。

只留下那缕新绿发酵的芬芳在暗处浮动，惹人心醉。

蝉 丸

一

月出皎兮。

蝉丸的背脊听到了动静。

呼——

月出东山的气息。

他听得出来。那是一轮磊落的、大而圆的月亮。

一轮满月在山的那头，悬于琵琶湖上，照耀着湖面。

纵然目不能视，不，正因为看不见，那光景才会如此鲜明地在心中涌现。

孩童时期，他尚能视物，也见过很多次月亮。可眼睛看不见后，那浮现在心中的月竟比孩提时见过的月亮还要明艳，真是不可思议。

蝉丸双目失明，已有数十年了。

从什么时候起，能用耳朵听见月亮的音信了呢？

近来开始能用背脊聆听了。其实，谁都是用背脊而非耳朵去聆听的，不是吗？

他是这么想的。

自从眼睛看不见后，这世界仿佛更深邃了。

庭院的草丛中，虫儿在鸣唱，像是为月出伴奏似的。

蝉丸来到檐廊上，在那里坐定，侧耳倾听。

夏虫的鸣叫声冷清了不少。已听不到螽斯和纺织娘的鸣唱了。

唧啾、唧啾、唧啾……

开嗓的蛐蛐儿，叫什么来着?

马追、邯郸、草云雀、铃虫、松虫、阎魔蟋蟀……

数种虫儿的叫声相互混杂、共鸣、交融。

方才还叫得起劲的铃虫，骤然静了下去，松虫的鸣声渐渐聒耳。正这么想着，邯郸的啾唧又喧嚣地压了过来。略感诧异地辨听间，不知不觉中，铃虫的鸣唱又在耳畔响了起来。

咝——啌

咝——啌

唧啾唧啾

唧啾唧啾

铃——铃——

铃——铃——

唧、唧、唧

唧、唧、唧

铃——铃——

唧、唧啾咿

唧、唧啾咿

啁咯咯咯咯咯

啁咯咯咯咯咯

咝——啌

哩哩哩哩哩哩哩哩

哩哩哩哩哩哩哩哩

唧啾、唧啾、铃——铃——唧、唧

啁咯咯咯咯咯、啁咯咯咯咯咯

嗞——啾、哩哩哩哩哩哩哩哩

唧、唧啾咿、唧、唧啾咿、铃——

唧啾、铃——嗞——啁咯咯咯

哩哩哩哩哩哩哩哩、铃——铃——

唧啾唧啾唧啾铃——铃——唧唧

啁咯咯咯咯咯哩哩哩哩哩哩哩哩

嗞——啾、唧、唧啾嘤

嗞——啾、唧、唧啾嘤

铃——铃——唧啾唧啾、铃——

铃——铃——铃——

身体仿佛悬在空中，置于这秋虫夜吟之中。

沙啦、沙啦——

有风声传来。

风的声音，也各不相同。

传来枫叶被撩动的声音，拂过松叶的风、穿廊过院的风、掠过耳畔的风，桔梗和女郎花逐次在风中摇摆。

每一阵风都不尽相同，宛如一组乐章。

说起来，这些年他几乎已不再弹拨琵琶。

如此便好。

即使自己这双手不再弹奏，这世上的乐声不也从未停歇吗？

不仅是背脊，仿佛全身所有的器官都变成了耳朵。

每个微小的音符，都绽放着微光。

每一缕光芒，多少都有点不一样。就好比即使微小如虫子或小草，每个生命体都缤纷各异，音符也是如此，闪耀着色彩各异的光芒，甚至每束光芒的吐息都隐约可闻。

啊……

此刻在耳边响起的，是什么声音呢？

低沉的，像是从寰宇尽头传来的声响。

如此令人眷恋，理所当然般在耳边回响。平日里不会被注意到，却常伴身侧……

嗵……

嗵……

嗵……

仿佛远在天边，又近在眼前……

母音……

啊，是呀，这不是自己的心籁吗？

心脏演奏的音韵。

不仅如此。大地本身也在鸣响。

这不是大地的心籁吗？

大地的心籁和自己的心籁，正在呼应和共鸣。

呜呼……就是这种声音。

每次听到这种声音，它们便会聚拢过来。

不，已经在汇聚了。

来自陆地、来自森林、来自山岭——

从草野中匍匐而出，自石砾间伏地而行。

嚯、喏……

从树的枝干、梢头、叶脉间，从土隙岩缝中，无数的气息蛰伏而出。

悄悄地，窃窃地。

那些气息逐一发出声响。

窸、窸、窸。

笃、笃、笃、笃、笃、笃、笃、笃……

窸……

咚么。

窸……

咚么。

蝈、蝈、蝈、蝈、蝈、蝈、蝈、蝈……

咚么。

咚么。

咚么。

呒、呒、呒……

声音此起彼伏，汇成和鸣。

无数的精灵们，合声共唱。

遍地栖身的灵物，以及它们的行踪、气息、精魄……

大地发出隆隆的奇异震响，在自己的内心深处，仿佛有什么正与之呼应。

呼——

感觉有气息抚过了脸颊，多半是月亮从檐下显现身姿，将月影投在了脸庞上。

圆月皎皎，清辉满溢，照耀在脊背中央。

今夜，那位也会来吧？

如此良宵，定会前来。

总是悄悄地来，静静藏身于暗处。

几乎每晚都会来访，如同聚集而来的精灵们，化作石砾、化作青草、化作森林，有时甚至化作明月，隐匿身形，潜于那处。

那位也是那些汇聚而来的万物生灵中的一员，同世界和鸣。

啊，他在。

蝉丸感觉得到。

总是不知不觉地到访，无声无息地候在庭中某处。

有他的气息。

嗵、嗵……心在鸣响。

这副身躯也是发声之器。

身体仿佛在鸣响，被什么击打着，同宇宙共鸣。

仿佛自身如乐器一般被弹奏着。

身躯俨然化为一个自鸣的乐器。

自己如琴弦般迸出第一声震响。

莫非今夜，注定非同寻常？

对不再拿起琵琶之事，本就不曾下过决心。

既然如此，是否琵琶在怀，其实无所谓。

若是无所谓之事，那么刻意地不去弹奏它，反倒显得奇怪了。

蝉丸悄然起身，身影消失在屋檐下。片刻后，他抱着琵琶回来了。

他端坐于檐廊上，想象自己是这山林万籁中的一员，一个自然而然发声的乐器。

乃天涵地育之物。

自己只不过刚好抱着琵琶发出响声，参与其中。

拨子撩拨琴弦，弦音袅袅，连绵不绝。

是从唐国渡海而来的琵琶秘曲《流泉》。

袅袅琵琶声从蝉丸指间流溢而出，融入夜色，令人心旷神怡。

伴随琵琶琴音，身躯也松缓下来，隐没于庭中，和森林融为一体。

成为虫萤、草木、石砾，成为凝在草尖的夜露。

一曲终了，身心却仍在森林和月华中徜徉。

蝉丸不由得轻声慨叹：“啊，今宵真是兴致盎然，如此良夜，若能得一通晓乐律之人，彻夜长谈……”

然而，知音何其难寻。在这逢坂山上，索居久矣。

正这么想着，只听得一声："在此处……"

有人在说话。

"法师欲寻之人在此。"

幽暗处，那说话之人站起身来。

那是略显激动的男人的声音。话语中充满着欣喜，还带着些许忐忑，可以想见说话之人因兴奋而面色绯红的模样。

他的语气又是那样温柔和煦，听来令人心生亲近。

那人大概也不曾想到，自己的话语会如此深入人心。

"是你吧。"蝉丸说，"这三年来几乎每晚都潜身于庭中之人……"

"正是。"那人答道，"只因实在太想听一听蝉丸大人兴之所至、自然而然弹奏的琵琶声……"

"啊，失礼了。其实我一直想放下琵琶，再也不弹奏了。只是，今夜实在……"

"我懂，我懂的。如此良宵，像我们这样的人，定会忍不住和鸣酬唱。情之所至，自然而然地鸣响、吟咏、同这天地共鸣。我们是同一类人呀，我很理解这种心情……"

那人的声音中有着湿意，还微微颤动着，像是在流泪。

"是啊，如你所说，正如你所说。"蝉丸温柔地回答。

"蝉丸大人，您方才弹奏的是《流泉》吧。"

"是的。"

"如今这世上，只有您会弹此曲了……"

"敢问您是……"

"博雅，在下源博雅。"

"哦，那位克明亲王[1]的儿子……"

---

① 日本平安时代第六十位天皇醍醐天皇的第一皇子。

“正是在下。”博雅颔首。

二

“虽然我方才说过想和人畅谈音律……”蝉丸轻叹，“不过，眼下看来已无须用言语表达了……”

他说着抬起头来，用那双看不见的眼睛，透过屋檐，望向天上的月亮。

“好。”博雅点点头，他站在原地，从怀中取出叶二。

那支从朱雀门之鬼手中得来的鬼笛。

无需言语。笛声和琵琶的合奏，正是博雅和蝉丸两人在畅谈音乐。

“接着，来一曲《啄木》……”

蝉丸轻声说。

“唔……”

博雅发出低沉而喜悦的声音。

《啄木》是承和时期，藤原贞敏[①]从唐代琵琶名家廉承武处学得的琵琶秘曲，和《流泉》《杨贞藻》二曲一起传至日本。

蝉丸拨动琴弦。

铮……

琴弦鸣响。

音韵在庭院的幽暗处回荡、四散。嘈嘈切切的音符渗入夜色中，在它们完全溶解之前，博雅将叶二抵在了唇上。

青色的音丝，从叶二上流溢到月华中，化作了一条朦胧闪着磷光的、青色透明的蛇。

那蛇时而变细，时而变粗，泛着光在月下延伸。

① 公元838年至839年渡海赴唐的日本遣唐使，琵琶演奏家。

铮……

蝉丸拨弦相和，那光之蛇沐浴着月光渐渐升向天际。

数只犹如蝴蝶之物，在暗处飞舞。

蓝色的、红色的，有的泛着微光，有的明灭闪烁，在飞翔、流淌、沉浮，如泣如诉。

黑暗中浮现出数颗光点，原来是生灵们匍匐而出。

虫鸣声在唱和。

枫树的枝叶相触交汇，唱起一曲对当下时光的赞歌。

喏……

岩石在歌唱。

咙……

月光在讴歌。

咯咯咯咯咯昂——

苍穹在鸣响。

迦陵频伽[①]在月光下起舞。

铮——

铮——

琵琶在鸣奏。

无数位飞仙翩翩来迟，用指尖轻触每个音符。

霎时撼天动地。

就在天地开始晃动的刹那间——

“吾乃多闻天……”

“吾乃广目天……”

“吾乃持国天……”

“吾乃增长天……”

---

① 即妙音鸟，佛教传说中的神鸟，嗓音曼妙。

神佛现身，伴着乐声，手舞足蹈，缓缓地在空中舞动起来。

虫儿在附和。

风儿在附和。

草儿在附和。

花儿在附和。

树木在附和，森林在附和，每一块石和土，以及其中的每一个小生灵，都在附和。

天地在共鸣。

博雅合着双目，吹着叶二。

泪水宛如欢欣的乐声般不断从眼中溢出。

蝉丸的唇角浮起微笑。

宇宙在闪闪发光。

天幕在消融。

蝉丸和博雅就这样交谈着，直至天际洒下第一缕晨光。

阴阳师

玉兔卷

邪蛇狂

一

渡边元纲的宅邸坐落于四条大路上。

他为人桀骜自恃，绝不会曲意迁就他人。

出口之言从不收回，即便日后发现有误，也仍旧独断专行。

咄咄逼人之时，身侧之人在旁提醒也无济于事，反而招来肆意打骂，妻儿也不能幸免。有时还会掣刀在手。

威压之下，元纲之妻透子身心俱疲，不堪重负，在儿子纲之满十岁那年离开了人世。

此后，元纲愈发刚愎自用，一意孤行。

家仆们会因细枝末节之事惹来杀身之祸。

透子尚在世时，即便发展到刀出鞘的事态，经透子劝解说情，总还能平息风波。如今斯人已逝，再也没有人能遏制元纲的戾气。

他每年杀死一名家仆，到最后府中几乎已无人可用。仅剩一位老者在内的寥寥数人，儿子纲之也做起仆役之事，勉力维系着生活。

庭院中出现大而黑的长虫——蛇，是今夏刚出梅时的事。

那日，元纲在庭院中散步时，踩到了黑蛇。不料那蛇猛地缠上元纲的小腿，咬了一口。

蛇的额头上有粒红豆大小的不明肿物。

元纲勃然大怒，双手擒住蛇头从腿部扯下，竟将那蛇身从口颚处撕裂开来。见那蛇头仍在蠕动，元纲拔刀劈去，斩至它不再动弹，然后将那蛇的尸骸抛到野草丛中。

当晚，元纲突生异变。

他在熟睡中为梦魇所困，还发出状如野兽的吼声，并咯吱咯吱磨牙。

“呜嗷——嗷嗷——”

他发出令人胆颤的声音。这绝非平日睡梦中的呓语。

纲之被这声响惊醒，起身前往父亲元纲的寝室，只见元纲在被褥上拼命扭动挣扎。

府中仅剩的家仆也纷纷聚拢来询问情况。

“父亲……”

纲之开口唤他，元纲倏地睁开双眼，站起身来。

“父亲，您可有不适之处？”

这时，元纲在黑暗中盯着纲之看了良久。

“我是牛丸……”他说。这不是元纲的声音。

“我三十二岁时死于元纲刀下，距今已有四年。当时呈送的开水中掉进了一只蚊子，我因此被杀。”

说到此处，语调陡然一变。

“喂，牛丸啊，这蚊子是何意？莫不是你对我怀恨在心，故意放进去的吧？”

是元纲的声音。

紧接着，声音再次变化。

“不不，小人岂敢。这蚊子是刚才掉落的，绝非小人故意为之。”元纲的眼神中透着畏惧，声音发颤。

“是想造反吗？”

“没有……没有……”

“你这怯懦的嘴脸令人厌恶……”

“请您饶了我吧，请您饶了我吧。”

“看刀，受死吧！”

元纲手握空刃，比画砍人的动作。

此时，本应手起刀落的元纲突然“哇”地大叫起来，扭动身体剧烈挣扎。

下一刻，他又镇静了下来。

“我是小六……”

这不是元纲的声音，也并非方才那自称牛丸之人的声音。

“三年前，我二十九岁那年，被元纲刺破咽喉而亡……”

细听辨认，讲话者正是三年前被元纲所杀的名为小六的家仆。

少顷，又变回元纲的声音。

“喂，小六！”

“大人，有何吩咐？”

“庭中那松树的枝条变得如此稀疏，听说是你剪的？”

“您是指那截被虫蛀烂的松枝吧？那枝干已腐朽中空，小人担心大人走过时，树枝掉落伤到您，故而昨天进行了修剪。”

“荒唐。你明知时时观赏那松树的形态乃我乐趣，却剪去松枝，这是完全不把我放在眼里啊……”

“并非如此，小人完全没有不尊敬您的意思。”

“莫要狡辩了！”

“小人没有狡辩。大人息怒，息怒啊……”

“休要逃，休要逃！”

“大人饶命，饶命啊……”

元纲双手合十，以小六的声音求饶。

刹那间，这似元纲又似小六之人，又摁住嗓子朝后仰去……

房内沉寂片刻，异象再起。

“我是平太，终年四十六岁。两年前被元纲大人剜心而亡之人，正是在下……”

凝神细听，果真是连纲之也熟悉的平太的声音。

此时，话音一转。

“平太啊。”元纲开口了。

“有、有何吩咐，大人？”

“为何你总是用惧怕的眼神看我？”

“不，小人没有害怕……”

“这声音不也在发颤嘛？”

“声、声音是……”

“看你这惶恐不安的样子，看来那传言属实啊。”

“传、传言？”

“听闻你早就开始到处造谣，说我有哪里不对劲啊……”

“小人并未说过，请大人明察！”

“恶意中伤主人者，该罚！今日便将你处死，以儆效尤！”

“啊啊啊！”

话音刚落，以平太的口气说话的元纲，突然双手捂胸，向前倒去……

“小女名叫绿凫，去年十四岁时，为元纲大人斩杀。”元纲再次开口时，传出一段女声。

“你刚才笑了吧？”女人的声音变回了元纲的男声。

“小女没有笑过。大人，您是否误会了什么？”

“不，你肯定是笑了。你向我请安后，转身时吐了吐舌头，做了鬼脸吧？”

“既然背对着您，大人又怎么知道小女笑了呢？”

"你总算承认了。你此刻承认自己是笑了。"

"小女没有……"

"不，你已招认。"

"大人，您要做什么？小女、小女……"

"还敢逃跑？受死吧！"

"啊！"

只听得女人的一声惊叫，元纲随即用右手捂着左肩，跑向外庭，光着脚飞奔到庭院中。

"父亲！父亲！"

纲之紧随其后来到庭院，只见元纲独立于月色下。

"我是牛丸……"

"我是小六……"

"我是平太，四十六岁。"

"小女名叫绿凫。"

从元纲的口中相继传来不同的声音。

元纲屈膝跪坐于泥地上。目之所及，有一块如孩童端坐模样的点景石。

他双手撑地，口中喊着"啊啊，原谅我吧"，将头重重磕下。

咚！

前额触地时发出异常的响动，势如千钧。

撞击点景石的力度之大，简直令人怀疑头盖骨会破裂。

"原谅我吧！"

"原谅我吧！"

咚！

咚！

"父亲，父亲！"

纲之慌忙上前阻拦，元纲无动于衷地再次叩首。

“原谅我吧！”

咚！

纲之拼命把人往后拽，才将元纲拉离了点景石。元纲前额已是皮开肉绽，血流满面。

直到此时，元纲才总算恢复了神志。

然而，到第二天晚上，怪事再次发生。

元纲从睡梦中爬起，那些死于他刀下的人，又经由元纲之口轮番自报姓名。

之后，元纲来到庭院中，用头猛撞点景石。

这次只撞击了一次便被及时制止。但到了第三夜，相同的情形再度上演。

而且事态愈发严峻，那晚元纲拔刀冲到屋外。

“喂，牛丸，又来送死吗？”

“小六，你是疯了吧？”

“平太，你还想再死一次吗？”

“绿凫，尝尝身首异处的滋味吧！”

元纲一番胡言乱语，拿着刀四处乱砍，无人能靠近其身侧。

最终，直至天明，元纲才得以恢复正常。

二

“这是昨夜发生之事？”

土御门大路的晴明宅邸中，安倍晴明坐在檐廊上，开口询问。

源博雅坐在他身旁。

“正是。”

渡边纲之躬身作答。

时值盛夏，天光敞亮，蝉鸣喧嚣。

嘒嘒、嘒嘒、嘒嘒……

嘒嘒、嘒嘒、嘒嘒……

本就难耐的暑气，在蝉鸣声中像被煮沸了一般，越发灼人。

纲之端坐在晴明和博雅的对面，蝉鸣如午后骤雨般倾泻而下，落在他低垂的脑后。

晴明和博雅身前，摆着酒壶和半盈的杯盏。

方才，两人对酌时，渡边纲之前来拜访。

“请您帮帮我们吧，晴明大人……”纲之如是说。

见他神色惊慌，两人便让他暂且先坐下讲明情形。此刻，纲之刚叙述完事情的经过。

“这真是骇人听闻。晴明啊，这是否意味着那四个被杀之人，化作冤魂附体于元纲大人身上了？”

“嗯，差不多是这样……”

晴明颔首赞同博雅的猜测，但话语间却又含糊其辞，仿佛另有所思。

“可还有其他蹊跷之处？”博雅问。

“博雅大人，此事中，牛丸是四年前被杀的，即便是最近被杀的绿凫，也死于去年……”

“这有什么不对吗？”

“若是冤魂作祟，那么为何不在四年前或去年出现，而非要等到现在呢？”

“确实如此……”博雅一时语塞，“会不会是某种潜在因素引发了此事？”

“当然，其中必然有某种因素，关键在于弄清楚究竟是什么。”

晴明将视线投向纲之。“纲之大人，您认为今晚很可能会再次发生相同的事情？”

“是的。”

“因此特地光临寒舍……”

“正是如此。我想若是晴明大人出手，或许有办法能救得了家父……”

“敢问元纲大人的状况如何？”

“父亲终日昏睡不醒，毫无生机。前额皮开肉绽，深可见骨。”

“总之，先去看看情况。请先回府，我还需做些准备，收拾停当后即刻前往四条方向。最晚也会在暮色降临前登门拜访。”

“好的，劳烦您了。”

纲之躬身行礼，起身走下台阶，再度行了一礼。声声蝉鸣洒落在他归去的背影上。

待纲之的身影完全消失在视野中，博雅开口道：“喂，晴明……”

“怎么了？博雅。”

“你刚刚说要做些准备，是何准备？”

“这个，我正在考虑呢。”

“考虑？”

“刚才听了纲之大人的话，我并非完全没有眉目。”

“到底是怎么回事？”

“嗯，别急。我就快想到主意了。”

“喂……”

博雅话音刚落，只听晴明喃喃自语：“既然如此，还是拜托真君为好……”

“晴明，这真君是何人？”

“到时候你就知道了。”

说着，晴明轻拍掌心，发出一声脆响。

“蜜虫。”他唤道。

蜜虫盈盈现身。

“备纸笔、砚台……”

“遵命。”蜜虫点点头，隐去了身姿。

“晴明，你究竟打算做什么？”博雅追问。

“各种准备……”

“各种是何种？这才是我想问的。”

“所以说嘛，各种各样的。现在就跟你说明白了，万一事情不如我所料，难保之后你不会跟我啰唆。”

“这是错是对，我不在现场也无法判断呀……”

“嗯？”

“怎么了？”

“博雅啊，你不打算去吗？”

“不、不打算去哪儿？”

“四条，渡边元纲大人的府上啊。”

“我也没说不去呀。”

“那就是去啰。”

“唔，嗯，去……”

“那你在那儿亲眼确认不就好了。”

“嗯……”

“走吧，博雅。”

“嗯，走……”

“走。”

“走。”

事情就这么定下来了。

三

晴明和博雅同乘车辇出行。

抵达位于四条的元纲宅邸时，已是落日时分。

整座宅邸显得死气沉沉。从庭院望去，屋内有几处零星点着烛灯。

两人跟在带路的老仆身后，走上灯火荧荧的庭阶时，宅邸突然传出震响。

地面木板与木板的接缝处，相互摩擦发出响动，整座宅邸因此剧烈晃动起来。

“这是……”

博雅在中途停下了脚步。

“别管，快走。”

晴明快步越过惊慌失措的老仆，拾级而上走进檐廊。博雅紧随其后。

宅中梁与梁的连接处，依旧咯吱咯吱作响。几人走进寝室。

“晴明大人……”察觉到有人进来，纲之转头望过来，眼神中带着恐惧。

放眼望去，本应躺在睡榻上的元纲，直起上半身，紧盯着晴明和博雅。

枕具两侧的烛光忽明忽暗，摇晃得厉害。

“我名叫牛丸……”元纲的嘴唇嚅动。

“我是小六……”这声音又与前者不同。

“我是平太……”

“小女绿凫……”最后是女人的声音。

头顶的天花板和房梁发出剧烈的响动。

“来者何人？”

“谁叫来的？”

“哪儿来的乳臭未干的阴阳师？”

“任凭谁来，都是白费功夫……”

四人的声音，相继从元纲一人的口中发出来。

绑在元纲头上的布条松落，垂于颈部和双肩。他额前那血肉模糊、半干结痂的伤口清晰可见。

“看来我前来，反倒让事态恶化了。”晴明说道。

“快走，快走！”

“不管谁来，我们都不会离开这里。”

“没用的阴阳师……”

“请回去吧。”

话语纷纷而至。

“虽然早了点，现在就开始吧。”晴明说。

“你要做什么？”

“不是说了，做什么都没用的。”

“我们不会从那个男人身上离开。”

“永生永世，都将附在他身上。”

四人发声道。

“晴明，你打算怎么办？”

就在博雅询问之际，整座宅邸晃动得愈发剧烈。

晴明将手探入怀中，取出一把短刀。

他左手拿着刀鞘，右手抽刀戳入地面，将刀立了起来，之后右手的食指和中指平伸，对准直立的刀柄尖端。

“原形立现，辟秽除瘴，岁月既分，凶吉定矣，吉乃吉，凶乃凶，原形立现，辟秽除瘴……”

晴明低声吟唱道。

就在此时，众人感觉到地板下似乎有庞然大物在滑动。

嘶啦啦……嘶啦啦……

那地板下的东西好像在朝庭院的方向移动。

宅邸的震响声止住了。元纲不知何时已起身站立。

一不留神，元纲拔腿就跑，踢倒围屏，取下置于围屏前方的佩刀，抽刀见白刃，将刀鞘狠狠扔至一旁。

众人来不及阻拦，元纲已跑到屋外，跃至庭院中。

“孽障！孽障！”

元纲破口大骂，在空无一人的庭院中疯狂挥刀。

“你们这群孽障，生前不把主子放在眼里，死后还要来作祟吗？真是可耻！可耻啊……”

元纲持刀左右挥舞，大声叫嚣着。

屋内，短刀仍立在地板上，晴明左手探入怀中，取出两枚用纸折成的人偶，上面似有字迹。

“急急如律令，急急如律令……”

晴明低声吟诵，伸出右手指尖，逐一轻抚那两枚纸偶。

一眨眼工夫，两枚纸偶缓缓飘离晴明的指间，立于地面。

触地之际，已并非纸偶的模样了。

一枚化身为白犬。

另一枚则化作人形，且身披金甲，一副戎装武将打扮。只见他左手执弓，背挎箭筒，右手握着一把三尖两刃刀。

这不是日本的兵器，而是异国——唐国的兵器。

众人未及细看，那武将的身躯蓦地膨胀壮大，长至八尺有余。

“晴明，这、这位是……”

“是玉皇大帝——天帝的外甥，天界战神二郎真君。”晴明答道，“一旁是伴随二郎真君左右的哮天犬。”

“什……”

博雅惊得把后半句话咽了下去。

“吼！”

哮天犬狂吠一声，朝庭院方向飞奔而去。

二郎真君在其身后，迈着沉重的步伐，一步一步踏在地板上，向前走去。晴明、博雅和纲之跟在后面。

哮天犬率先跃至庭中，扑向元纲挥刀所指之处，露出利齿朝半空咬去。

这时——

“啊！”博雅惊叫出声。

一条长约一丈的黑色巨蟒出现在元纲眼前，那宛如镰刀的蛇颈高高立起。

暮色四合，在残余天光的返照和庭阶灯火的映衬下，在庭院幽暗处浮现出这骇人的一幕。

那黑色巨蟒分裂出四个蛇头，变作四张不同的人脸。其中有一个披头散发的女人头颅。

“我是牛丸。”

“我是小六啊，元纲大人。”

“我是平太。”

“小女绿鸟。”

“元纲大人……”

“元纲大人……”

“元纲大人……”

“元纲大人……”

四个头颅依次开口。元纲挥舞刀刃，砍向它们。

另一侧，哮天犬紧紧咬住那黑色巨蟒的粗大躯干不放。

二郎真君走下庭院，伴着震耳的脚步声走近。

“吼！”

他大喝一声，抡起三尖两刃刀刺入巨蟒体内。

巨蟒被刀贯穿，钉在地上动弹不得。

“汝等可憎之辈，尝尝我的厉害吧！”元纲依旧不停地挥刀砍着不再动弹的巨蟒。

“请住手。住手吧，父亲……”纲之从背后反剪住父亲元纲的双臂，不料元纲以惊人的力量将纲之的手甩开。

“怎么，纲之，你要来阻拦你父亲吗？”元纲眼角睁裂，额上溢出的鲜血渗入眼眶，“看来你也是敌人……”

元纲哀号一声，突然挥刀砍向纲之。

纲之赶忙躲闪，但利刃已深深没入右肩。

“父、父亲……”

纲之瘫倒在地，元纲再次对儿子举起刀。

这时，晴明挡在他面前。

“元纲大人，现在您要砍杀之人，是您的亲儿子啊。”晴明说。

“你也是敌人吗？”元纲砍向晴明。

晴明闪身躲过一刀，紧接着又一刀破风而来。

“受死吧，看招、看招！”

元纲冲到晴明方才站立之处，挥舞白刃。

只见两道刀光闪过，二郎真君和哮天犬被刀刃触及，发出沙沙的声响。

就在下一刻——

有什么飘飘然落了下来。

二郎真君和哮天犬重新变为两枚纸偶。

“嘶啦……”

巨蟒又开始蠕动。

“真是高兴啊。”

“是呀，真快活。”

“元纲大人……”

“元纲大人……”

巨蟒的四张人脸上，露出如愿以偿的笑容。

转瞬间，元纲已被巨蟒缠住，蛇身紧紧环绕他的身体，顺势把他拖进廊下地板与泥地间黑黢黢的空隙里。

“嗷啊！”

地板下传来元纲的一声惨叫，之后便静寂无声了。

等了片刻，手持火把的老仆颤颤巍巍地钻进地板底下查看。发现在元纲寝室的正下方，横陈着元纲的尸首，和一条头部裂成四瓣的黑色巨蟒遗骸。

四

夜色中，有什么东西在默默发酵。

像是树的气息、土壤的气息、清泉的气息。

白日里充溢的暑气消散了，此刻，凉风习习。

待到这夏夜中的发酵气息成熟之际，秋天也姗姗而来了吧。

“唧……”

暮色里，时不时传来蝉鸣。

笛音袅袅。仿佛要在幽暗中寻觅秋的踪迹，笛音流经之处青光微明。

晴明的宅邸中，二人坐在檐廊上。

灯台上仅燃着一盏烛火，两人举杯对饮。

酒酣之际，晴明轻叹：“笛……”

博雅依言将笛子抵在唇边。

一只不合时令、不知为何会存活至今的萤火虫，在夜色中穿梭，黄色的亮光忽明忽暗。

从四条渡边元纲的宅邸回来后，两人便在此饮酒。

一曲毕，博雅放下横笛。

他望着庭院，低语道：“如此结局，真的好吗？晴明……”

晴明并未立刻作答。他端起杯盏，抿一口清酒入喉，半晌才饮下，唇色红润。

“嗯，人来这世上走一遭，就是这么回事吧……”

晴明像是在宽慰自己般说道。

“没有谁能在濒死之际，为自己的人生画上圆满的句号……”晴明轻声自语，“我也一样……”

“晴明，元纲大人的死不是你的错。”博雅的声音很是温柔。

“我知道……”晴明将饮尽的杯盏放下。

“对了，有件事想问你。”博雅说。

“什么？”

“你察觉到那宅邸的妖物是蛇精，为何要请二郎真君来帮忙？”

“原来是这件事啊？”

“嗯。”

“二郎真君乃斩妖除魔的战神。他斩杀蛟龙，更是法力非凡。”

“原来如此。”

“论斩蛟治水，非二郎真君莫属。”

“可是你又怎么知道那妖物是蛟？”

“还记得纲之大人提到过，那条被元纲大人撕裂的黑蛇吗？蛇的额上有隆起的不明肿物。那蛇已有百年法力，隆起处即将生出头角，修炼成蛟。”

“这样啊。”

“在周遭游荡的四个刀下冤魂，依附于那死去的蛟上，打算借助它的力量向元纲大人报仇吧……”

“想必是心怀不甘、死不瞑目。”

博雅拿起酒壶，往自己的空杯中斟酒。

“纸偶终究是纸，尽管祈请二郎真君入符共克妖物，但被真刀砍中后就会失效。”

“嗯……”博雅点点头，往口中送酒。一杯见底，他放下杯盏。

“晴明啊……”博雅开口。

“嗯？”

“秋天，总会如约而至……”

“嗯。”

“没有人能永远留住夏天，我们也一样……”

“是啊。”晴明点头，唤道，“博雅。”

“怎么了？”

“想再听一次笛声。”晴明说。

“好。”

博雅再次拿起叶二，轻启双唇。

笛音澄澈明亮。

夜色中，已渐渐有了秋意。

嫦娥之瓶

一

秋虫在鸣唱。

邯郸、草云雀、松虫、铃虫。

秋草苍苍、霜叶婆娑间，各式各样的秋虫“铃铃”、“唧唧”或“咕咕”地叫着。

晴明的宅邸中，庭院里秋色正浓。

夜色中，晴明和博雅坐在檐廊上，伴着虫鸣声悠然对酌。

偶尔有几日恍若回到了夏天的暑热，到了晚上凉风一起，便捎来了秋天的气息。

庭院宛如秋日的田野。

风草、龙胆、女郎花、桔梗。

秋花秋草肆意生长，纷繁芜杂。

院中仅燃着一盏灯火。

抬头仰望，檐前皓月当空，月色溶溶。

让酒盏盛满月光，再斟上酒，将酒和月华一同饮下。

酒入喉中，隐约透着月亮的芬芳。

那是一种染有清透色泽的香气，不似普通的酒香，微不可察，似有似无。

杯盏空了，候在一旁的蜜夜就会取来酒壶，把酒续上。

博雅将空盏搁在廊上，开口问道："晴明，怎么样了？"

晴明咽下含在口中的酒，唇瓣殷红。

"博雅，你指什么？"他反问道。

"自然是月亮。月亮有缺口了吗？"博雅端起蜜夜斟满的酒盏，望向夜空。

头顶一轮满月，清辉落满怀。

"快到时候了。"晴明说。

"你已经说了三遍啦。快到时候了、快到时候了，这个时候怎么还没到呀？"

"会到的。"

"所以嘛，我问你到底是什么时候……"

"快到了。"

晴明放下酒盏，举头望月。

"晴明啊，月蚀我也见过几次了，但每次都是在出现后才察觉。你真的能预测月蚀何时出现吗？"

"那是自然。"

"你身为天文博士，说出来的话当然要比其他人有分量些。话虽如此，能事先知道月亮将被遮蔽变得暗淡无光，不觉得是件不可思议的事情吗？"

"月蚀现象确实不可思议，但能预测何时发生，这倒也没什么值得稀奇的。"

"是吗？"

"比如说，太阳。"

"太阳？"

“嗯。”

“太阳怎么了？”

“此刻太阳隐没于地表之下，不见踪影。但你我都知道，明天早晨太阳又会照样升起。”

“那当然啊，太阳朝升夕落，众人皆知。”

“所以说，月蚀也是一样的道理。”

“唔……”

“博雅，可否听你吹奏一曲？”

“好啊，没问题。”

“有你的笛音与明月相衬，一曲、两曲，曲毕之时，月蚀也就开始了吧。”晴明说道。

“好。”博雅微微颔首，放下酒盏，右手探入怀中取出叶二。

此前，博雅和朱雀门的鬼吹笛合奏时，曾将自己的笛子同鬼笛交换。当时得来之物，便是这支叶二。

笛声响起。叶二仿佛逸出闪耀着琉璃色泽的游丝。

月光下，那音丝越发明亮，渐渐变为青蓝色。笛音浸染着清辉，冉冉升至天际。宛如刚出世的幼龙，沐浴着月色腾飞升天。

博雅笛音的动人之处，在于那音律仿佛有了形状、有了色彩。

“真美啊……”晴明发出沉醉其中的感叹。

闻此笛音，听者的灵魂好似摆脱了束缚，融入夜晚的空气中。

晴明闭目聆听，少顷，睁开双眼。

“哎……”他低声唤道，“开始了，博雅。”

博雅闻言抬头仰望。月亮开始出现缺口。

“真是……”

月亮的边缘渐渐没入阴影中。

博雅的唇从叶二上移开，被眼前的景象夺去了注意力。

“居然真的出现了……”博雅轻叹道，“可这样的光景到底从何而来？”

“我来告诉你吧，博雅。这是因为太阳沉入地平线后，阴影蔓延开来，月亮进入其中……”

“什么？”

“就是说，太阳拉长了大地的影子，让它延伸至天际。而那个影子此刻正在吞噬月亮。”

晴明的这番解释，听得博雅瞠目结舌。

但转瞬间，他又一本正经地说：“晴明，你说的这些话，我完全摸不着头脑，不明白。但此情此景，实在扣人心弦啊……”

博雅看得入神，不禁感叹。

“哦哟？”

晴明从夜空中收回视线。

“不知是谁此时到访。”

“我去看看。”蜜夜起身走下庭院。

她消失于大门所在的方向，片刻之后，带回一人。

来客是名十几岁模样的年轻人。

“在下道长，别来无恙。”年轻人躬身行礼。

藤原道长——藤原兼家的公子，和晴明以及博雅相识。

“这么晚了，有什么事吗？”晴明问道。

“家父兼家命我今夜务必请晴明大人拨冗前往。”

“哦？”

“事态紧迫，家父吩咐，即使大人已经就寝，也无论如何都要将他请来。不得已，我才冒昧登门造访。”

道长皮肤白净，两颊透红。

他年纪轻轻，行为举止却有着超脱年龄的沉静稳重。但此刻，他气息紊乱，两颊异常绯红，像是出了十万火急之事。

“发生了什么事情？”

在晴明的询问下，道长将事情原委一一道来。

二

约莫在半个月前，兼家捕获了一只兔子。

在兼家宅邸的西配殿，有一座观音堂。观音堂内供奉着一座高一尺半的玉观音菩萨像。

某天夜里，兼家正打算就寝时，听到不知何处传来异响。

像是在扒拉啃咬什么东西的动静。

仔细辨听，声音似乎是从庭院那边传来。

当晚虽是新月之夜，却无月无光，黑暗中的响动清晰可闻。

那声音是从观音堂附近传来的。

“去看看。”兼家吩咐下去。

两名家仆手举火把走近，听到观音堂的木地板下有动静。

一人蹲下身来，把火把伸入地板下方查看情况。就在此时，有什么东西从地板下猛地蹿出。

“哇！”

那人大叫一声，扔掉了火把，仰面朝天摔倒在地。一旁的另一名家仆胆壮，飞身扑向那逃窜之物，将它一把抱在胸口。

定睛一看，原来抓住的是一只兔子。

放在往常，观音堂的底下发现一只可能打算筑巢的兔子，这事儿也就这么过去了。这次却不同以往。

只见那兔子全身覆着黑色的绒毛，就像炭一样漆黑油亮。

“这真是难得一见啊。”

兼家当即决定将黑兔养在宅中。

当晚暂且把兔子安置在桶内，翌日命人做了个大竹笼，将兔子放进去。

自那时起，奇异的现象出现了。一夜过后，将捕获的兔子放入笼中时，发现兔子的右前肢和后肢前端的毛是白色的。

那白色部位并不显眼，众人都以为是前夜捕获时没看清，不足为怪。不曾想到了第二日，那白毛的面积有所扩大，第三、第四日，兔子身上的白毛日益蔓延开来。

到了第七日，兔子身体右侧的毛全变成了白色。到了昨日，全身几乎变为雪白一片。笼中没有发现脱落的毛发，因此推测不是换毛，而是黑毛直接变为了白色。

“果然是只珍奇的兔子。虽不知是凶兆还是吉兆，但这样的兔子当真独一无二。”

兼家喜好奇珍异品，对其爱不释手。独独有一事令他困扰。

那便是无论投喂何种食物，它都抗拒不吃，而且日复一日变得越发狂暴。

它不停地抓挠竹笼，用牙齿啃咬竹片。闹得更厉害的时候，还龇牙咧嘴，如狮吼般咆哮。

然后，就在今日，兔子开口说人话了。

事情发生在白天。

“喂，兼家。喂，兼家。”

有人在喊兼家的名字。兼家府上，无人敢如此直呼其名。

循声走去，只见那檐廊上竹笼中的兔子双脚直立，一双圆眼瞪着兼家，怒声道：“放我出去！”

兼家唤来家仆。众人纷纷围拢来一探究竟。

“事不宜迟，快放我出去！若不放我出去，后果难以想象。”兔子再次开口道。

没听错，兔子确实是在说人话。

“汝在胡言乱语些什么，何来难以想象的后果？”兼家问。

“我家主人发现我没回去，便会发怒。主人一发怒，这天地间就将起大祸乱……”

“莫要大放厥词。既能说人语，吾便知汝不是寻常的兔子。然而区区一个竹笼也无法脱身，看来不过尔尔，并无多大神通。不放又如何？”兼家说道。

“呜呼、呜呼。”兔子低吼着，咬牙切齿，那模样十分可怖。

“本以为你没几天就会放我离开，所以耐着性子等到今天。看你全然无意放我走，这才出言相告。兼家，你可不要后悔。”

“绝不后悔。”

话虽这么说，兼家心中不免忐忑起来。

放它走倒也无妨，只是担忧那兔精出笼后前来作祟寻仇，演变成更糟糕的事态。

“汝主乃何人？”兼家问。

“恕难告知。”兔子回答。

“既然如此，休怪吾不放。”兼家拂袖而去。

“呜呼，呜呼呼……”兔子咆哮起来。

到了日暮时分——

“把晴明叫来！”

兔子指名道姓地要求道。

“土御门大路有个叫安倍晴明的阴阳师。把他叫来！若是晴明，我愿如实相告。”

“不能对吾说吗？”

“你不明白。”

“岂有此理！”兼家愤愤不平，“汝言下之意，对吾说乃白费口舌？”

“正是，你不会明白的。所以才让你把晴明叫过来……”

兔子依旧不肯松口。

夜幕降临，明月东升。

那是一轮满月。

兔子浑身白毛倒刺，“吼吼”地发出狮吼般的号叫。

“把晴明叫来，不然把你咬死！”

兔子在笼中咆哮。每叫一声，竹笼便会随之飘起，悬浮于半空。兼家见状，也免不了心生畏惧。他叫来道长，吩咐道：

“把晴明叫来吧。”

三

“原来如此，是这么回事啊……”晴明说。

“马车已备好。博雅大人也一同前往吧，烦请两位大人移步至敝府。”道长出言相邀。

晴明看着博雅，问道：“博雅大人，您意下如何？”

“嗯……”博雅喃喃道。

“一起去吧？”晴明又问了一遍。

“嗯，嗯……”

“去吧。”

“好、好吧。”博雅点点头，“一起去吧，晴明。”

“走。”

“嗯，走。”

事情就这么定下来了。

四

月蚀尚未结束。

大半个月亮被黑影吞噬，呈现出红铜色。

红月笼罩下，一辆牛车正发出隆隆的声音赶路。

“喂，晴明……”

牛车里，博雅对晴明喋喋不休。

“别卖关子了。听了道长大人的话，你多少有些头绪了吧？”

“并非毫无想法。”晴明答得颇为冷淡。

“定是有吧！”

“说有，也确实有一些想法。”

“那你倒是说说看呀，到底是怎么回事？”

“嗯。”

晴明点点头，却迟迟没有开口说明。

“晴明，你老是喜欢摆架子，这是个坏习惯。”

“我才没有摆架子。”

“你不就是担心现在说出来，万一判断错了下不来台嘛。”

“我可没这样说过。”

“有。”

“从未。”

“既然如此，那你就放心说吧！反正到现在为止，你每次摆架子不肯事先告诉我的事，到最后都如你所料。这次就先告诉我吧。”博雅软磨硬泡。

车内空间狭小，晴明难以推却。

“实在拿你没办法……”晴明轻叹。

“现在愿意告诉我了吗？”

“我先从羿公的故事讲起吧，不知是不是你想听的……”

“羿公？”

“你可知羿公是谁？”

“不知。愿闻其详。”

“是唐国的一位大人。”

“哦？”

“说是唐国，其实也不准确。那是早在唐国建立之前，上古时代的事了……”

“嗯。”

“在和唐朝相隔甚远的远古时代，有天帝名为帝俊，其妻名曰羲和……”

晴明轻声细语，将后羿的传说娓娓道来。

五

帝俊和羲和，膝下有十子。

十子的精魄为三足乌，可化作太阳。

因此，上古时代有十个太阳，而非一个。每到早晨，太阳们相继从东方升起，猛烈的日照下，庄稼枯萎，土地一片焦芜，百姓苦不堪言。

其实最初，太阳十子是轮流东升执位，照耀大地。但到了尧帝时期，突生异变，十个太阳竟同时出现在空中，给人间带来灾难。

于是，尧帝召来羿，命他在当空的十日中，射下九个太阳。

羿是个神箭手。他奉命射日，张弓搭箭无一虚发，射落九日，空中唯余一个太阳。

然而，羿此举触怒了天帝。

为报杀子之仇，天帝除去羿和其妻的仙籍，将两人贬为凡人。

羿夫妻二人，因此失去了长生不老之身。

为求长生灵药，羿跋山涉水，终于从昆仑山的西王母处得来长生不老药。

灵药盛于净瓶中，若两人平分，虽也可长生不老，但依旧是肉体凡胎。倘若由一人饮尽，不但可以长生不老，还以可重新升天位列仙班。

羿的妻子想独占灵药，背叛了丈夫，携净瓶出逃。

本想重返天庭，但她生怕自己此番作为被众仙所知，也对西王母心存顾忌。

因此，她饮尽灵药，飞升奔月，此后长久地居于月宫。

六

“故事就讲到这儿。”牛车中，晴明对博雅说。

“嗯，我听明白了。这样久远的传说留存至今真是件幸事。可是晴明啊，这个故事和本次事件有何关联呢？能否透露一二……”博雅问道。

“是悔恨。”

“悔恨？”

“应该抵达兼家大人的宅邸了。”

晴明话音刚落，牛车已停了下来。

“请。”帘外传来道长的招呼声。

晴明和博雅走下牛车，才发现已进到兼家宅邸的大门内。兼家正等在牛车旁，迎接二人。

兼家如此郑重地亲自前来迎客，实属罕见。

“晴明，来了就好。”兼家松了口气，说道，“还劳博雅大人费心赶来，实在惭愧。”

此时，众人头顶的月亮已进入全蚀状态，泛着诡谲的血红色。

不知是不是为了应对晴明等人的到来，有成列的护卫手持火把守在四边。

“想必道长已将大致情况告知。唉，不承想事情发展到了这般地步……”

兼家边说，边急匆匆地带头前往，像是在催促二人一般。

兼家如此失态，也是难得一见。看来当真是心急如焚。

众人匆匆走进庭院，空地上熊熊燃着篝火，放着一个有两位成人合抱粗的竹笼。

“晴明，就是那物。”

凑近一看，笼中果然关着一只兔子。

那兔子非黑非白，也非黑白相间，而是红色的。

显然，那并不是白毛因火光映照而泛红，是兔身原本所覆的毛发变为了赤红。

“原来如此……”

笼中的兔子察觉到晴明的气息，竟蓦地直立起后肢。

“晴明，是你吗？您就是晴明大人吗？”

兔子确实在说着人类的语言。

晴明来到笼子前，停了下来，随之开口吟诵。

是一首诗。

晴明以唐国的语言，咏起诗来。

> 云母屏风烛影深，
> 长河渐落晓星沉。
> 嫦娥应悔偷灵药，
> 碧海青天夜夜心。

听罢此诗，大颗的泪珠从兔子的双眼簌簌落下。

“哦，这真是……”兔子顾不得擦拭眼泪，“晴明大人，这是李商隐的《嫦娥》。您一来此便吟咏此诗，想必已对一切了然于胸。”

“并非一切，玄兔大人。”晴明温和地作答。

“你真是、真是位了不起的人物。晴明大人，能把您请来，真是万幸……”兔子说道。

“晴、晴明，如何了？汝等究竟在说什么，吾竟浑然不知……”

兼家问。

“这位是月宫的玉兔大人。”晴明道。

“什……”兼家惊讶得说不出话来。

“新月之夜无月，故而毛发呈黑色。随着月亮渐渐盈满，毛发也逐渐变白，而且能说人语。满足这些条件的，这天上地下除了玉兔大人，别无他者了。”

“晴明，这到底是什么意思？”博雅问。

“新月之时毛色漆黑，是为玄兔；时而毛色洁白如玉，则为玉兔。这两个称谓均指向同者，就是博雅大人你眼前的这位……”

说着，晴明转向兼家。

“兼家大人，请打开竹笼，让玉兔大人出来吧。”

“这……”

“请吧。”晴明催促道。

“打、打开笼子。”兼家下令。

道长走近，抽出佩在腰间的短刀，“咔嚓咔嚓”几下砍断了竹片。

没一会儿，玉兔便出了笼子。

“晴明大人，多亏您出手相助，我才得以重获自由。”玉兔朝着晴明行礼道谢。

“树木大多沐浴在阳光下生长，而竹子却是向着月光生长。因此月上来客被竹子包围后，竹子汲取其身上的月华越长越茂，他自身就会被困于其中。”

晴明这番话，似是特意解释给博雅听的。

“这和《竹取物语》是一样的道理，必须从外部把竹子劈开，才能让里面的人出来。”

“正是如此。月由亏转盈变为满月之际，我的力量也随之增强。破笼而出本应轻而易举，只是没料到这笼子竟是竹子制成的，失策啊失策……”

“不过，您又是为何到了这里呢？”晴明问。

“哦，对了对了，是有件事儿要办。”

此时的玉兔已是一身赤毛，如同浴血，和月蚀时血月的颜色别无二致。

玉兔继而开口道：“羿公之妻嫦娥携长生灵药奔月之事，想必晴明大人也有所耳闻。按照凡间的记法算来，此事距今已有一千百余年……”

“晴明，这不就是你刚才说的故事？”博雅在晴明耳边低语。

“应该是。”晴明点头。

“此后，嫦娥一心想再炼制一瓶长生不老的灵药。我也日日陪在一旁，帮忙用杵捣药……”玉兔说。

“这回，灵药终于即将制成，只差最后一味素材。须引月蚀之际生成的红光，取一滴光露。滴入光露后，立即将灵药盛入瓶中保存，不然就会失去药效。于是，我便从广寒宫的柜架上取下螺钿匣，从中取出西王母娘娘当年赠药时所用的琉璃净瓶，准备擦拭干净，不料没拿稳把瓶子摔碎了……”

“怎会如此……”兼家脱口而出。

“我自知犯下大错。既是要盛放长生不老的灵药，断然不可能用凡俗之瓶，若非有一定灵力的瓶子，药效会在滴入之际便消散无踪。正当我一筹莫展之时，刚好月亮升临贵国，我看到了兼家大人府中的那座观音堂。借着从屋顶檐缝中透入的月光，我窥见堂内供奉着一尊玉观音菩萨像，菩萨手持琉璃净瓶。那菩萨玉像和净瓶，均为唐制古品……”

“正是。当年藤原葛野麻吕大人、僧人空海等人乘坐遣唐使的船东渡大唐。这尊观音像便是藤原葛野麻吕大人从唐国归来时带回之物，乃祖上传家之宝。”兼家补充道。

“当时我便看中了这净瓶。在观音菩萨手中被照拂了千年的净瓶，没有比它更适合盛放灵药的了。于是，我特地选在新月之夜悄悄降至地界。正当我从地板下方挖洞潜入观音堂，欲取走净瓶之际，被人发现并捕获，还被关进了竹笼里。事情的经过就是这样。”

“既是如此，为何当初不直言缘由？”兼家问。

“你们刚从地板下逮到我，那时若我明说，会有人相信吗？只会感到害怕，然后将我杀了，或者煮了吃掉吧……我便想着与其被杀，不如束手就擒，在月蚀之夜到来前伺机逃走。没想到直至今夜仍没找到机会，情急之下，脑海中闪过声名远播至天界的安倍晴明大人之名……”

“原来如此，是这么回事啊……”晴明这才了然地点了点头。

“兼家大人，我对于想擅自取走如此贵重的净瓶一事，诚挚地向您道歉。晴明大人，真的非常感谢您。”

玉兔说完，望向天际。

啊嗷——

玉兔仰天长啸。

月蚀已临近尾声。月亮的边缘部分已渐渐变回原本的月色，熠熠生辉。

“兼家大人，我有个请求。事已至此，我没有时间另寻盛放灵药的器皿了。您能否将贵府中的净瓶借我一用？”玉兔作揖道，“若您愿意，我将备礼答谢。”

“礼？”

“每逢秋季，我会将当季舂捣的月饼送至府上。以月饼换净瓶，您可否愿意？这月饼虽无长生不老之力，但只要每年尝一次，便能保一年无病无灾……至于琉璃瓶的替代物，待我日后将广寒宫所藏的黄金瓶送来……”

“那就依汝所言。”兼家颔首，“以吾宅传家之宝观音净瓶，易汝月之饼。”

“多谢相助。”玉兔发出雀跃的声音。

兼家当即打开观音堂，从观音菩萨手中取下净瓶，递给玉兔。

玉兔抱着净瓶欣喜不已。

“事不宜迟，请恕我先行告辞。晴明大人，衷心感谢您。若非您赶来，恐怕我也无法带着净瓶返回月宫……”

玉兔再三躬身行礼。

“好像有人来接您了。”晴明说着，抬眼望向庭中草丛深处，只见一只大蟾蜍蹲坐在那儿。

“告辞。”

玉兔赶忙抱着净瓶坐到蟾蜍背上。

呱——

蟾蜍低鸣一声，慢吞吞迈出步伐，于萋萋野草间腾空而起。

月色逐渐恢复了往日模样，蟾蜍沐浴着月华，一步一步升向天际。

“多谢各位。待事成之后，我必定奉上回礼……”

玉兔远去的话音，从云霄洒落至众人耳畔……

蟾蜍和玉兔的身影越来越小，最终消失在视野里。

三天后的清晨，玉兔送来了约定之物。

一个盛有月饼和黄金瓶的圆盘，摆在兼家宅邸的大门口。

当然，晴明和博雅的宅邸前，也分别放着一盘月饼。

道满月下独酌

一

参天古枫之下，道满席地而坐。

古枫枝干粗壮，两个成年人展臂合抱也难以将其围拢。

无人知晓深山中为何会长有这样的古枫，又或许正是在深山中，才得一见。

按常理来说，山林中树木繁茂，即便是大树，也会被近旁的树木夺取养分，无法长成这般的巨木。

不过，换个角度看，又或许是这株古枫独占了养分，导致周边植被稀少。偌大的森林只在此处留下一处空隙，可让月光自在无遗地洒落。

暮秋时分。

没有风，头顶的枫叶却萧萧落下。

道满坐在古枫的树根处。两条粗大的根须伏卧于两侧，他看上去像是被根须环抱着。

正是夜晚时分。抬起头，透过颜色斑驳的枝叶，望得见熠熠闪耀的星空。

火堆里有火光在跃动。那是枯枝落叶在燃烧。

刚飘落的叶子尚未枯萎，含有大量湿气。道满添入火堆的，是凋零已久的落叶。

潮湿的泥土气息。

濒临枯萎的落叶气息。

这些即将腐朽的事物，和那些深埋地下的腐朽已久的事物，它们的气息交错融合，在这山中的漫长岁月里渐渐消融殆尽。一圈又一圈的年轮，渗入山林的气息中。

道满呼吸着这深山的年岁，举杯独酌。

酒瓶放在火堆旁的土地上，里面约莫装有一升酒。他一手倒酒，一手拿着素陶杯，自斟自饮。

酒至酣处，入骨入髓。

孤寂和哀愁浮现在他的面庞上。

他将酒杯送至唇边，一饮而尽。

“呼呼……”

他轻声运气，接着举头望月。

在枫树的枝梢上，月光盈盈。夜再深些，明月就将升至中天。

道满面朝月亮，引吭高歌。

“嚯！”

“嚯！”

两声音落，道满再度将空酒杯斟满，把酒含在口中。

正当此时，前方的灌木丛中传来响动。

沙沙、沙沙——

灌木丛中冒出一只黑色小兽，“咔嚓咔嚓”踩着落叶，双足直立来到道满身前。

原来是一只巢鼠。

“是您在唤我吗？”巢鼠问。

吱吱吱吱吱吱。

乍一听，只不过在吱吱叫而已。再细细听来，它好像确实在说话。

“闷得慌，跳个舞看看……”道满边往杯中添酒，边说道。

“遵命。”巢鼠点点头，又吱吱叫起来，“不过，要跳舞的话，最好有点乐曲伴奏。”

说着，它露出尖尖的小白齿，发出叫声。

“吱叽叽……叽！”

“吱叽叽……叽！”

然后，又传来咯吱咯吱的声响。

又有七只巢鼠应声冒出头来，抬起前肢直立于道满跟前。

每一只巢鼠的小脑袋瓜上都戴着顶帽子。定睛一看，原来是橡果蒂。

两只捧着打了孔的橡果空壳儿。

两只捧着没有仁的毛栗球。

两只捏着细细的草穗。

还有一只，捧着空栗壳儿，也不知是不是吃掉了栗子仁。

而最初的那只巢鼠被围在中间，拾了两片落地的红枫叶，将两端叶柄系在一起，再用牙在每片叶子上咬个小孔，把两只爪子穿进去，套在身上，俨然就是一件红色舞衣。

此时，另外七只巢鼠已准备就绪。或捧着橡果壳儿，或将毛栗球摆在地上，或将嘴附在草穗上，或将空栗壳儿盖在土上，双手握着小枯枝蓄势待发。

“那么，开演吧。”最初的巢鼠说道。

毛栗球前的两只巢鼠伸出爪子，拨动起毛栗球上的毛刺儿。

咕隆！

铮铮铮——

咕隆!

铮铮铮——

刺球奏响乐符。

这时，传来“咻”的一声，草笛也加入了演奏。

叮叮咚、叮叮咚……

巢鼠们用枯枝敲打起空栗壳儿。

噗噜噜、噗噜噜……

还有两只巢鼠吹响了橡果。

咕隆!

铮铮铮——

咻——

叮咚叮咚……

噗噜噜噜噜噜……

噗噜噜噜噜噜……

身披红叶衣裙的巢鼠，合着乐声舞动起来。

它弯下腰，踏着节拍，翻转着前肢，左一圈，右一圈。摇头晃脑，扭身摇摆，跳得不亦乐乎。

“再稍微热闹一点的话，会更有意思吧……”

道满在杯中续上酒，将酒洒向泥土。

他放下酒杯，伸出右掌附于地，口中喃喃诵起咒来。

“聆听吾誓，速速应召此间生灵万物，呜——呼。”

话音刚落，火堆旁的土地表层“扑通扑通”地松动起来。

好几只蟾蜍破土而出。

蟾蜍们头顶着红黄的落叶，两脚直立，纷纷加入巢鼠的舞步。

不止如此，从四周的林木深处，走出几名头戴红色乌帽子、身着素衣的女子，同蟾蜍们一起翩翩起舞。

以橡果、草穗为笛，毛栗刺为琴，栗壳儿为鼓，在这大合奏中，深山的精怪们围着火堆载歌载舞。

“道满大人，请唱首歌吧。”巢鼠邀请道。

道满脸上闪过一丝腼腆，开口道：“那么，我就唱一首……”

于是，这个男人难得地展露歌喉。

月似暝，宵露浓
月似暝，宵露浓
孤影秋零落，袖湿泪朦胧
此身微残暮色中
纵有百花色，心随秋草衰
风情万种终成空

那是低沉而沧桑的嗓音。

歌声在月夜的森林间萦回。

道满一双迟暮的眼眸中噙着泪水。

风凛凛，秋深重
风凛凛，秋深重
颦笑皆黯淡，旧日去匆匆
魂归故里寻无踪
人聚散，恨无穷
人聚散，恨无穷①

一曲歌毕，道满眼前站着一名身着碧色唐衣的女子。

---

① 道满所吟唱的是能乐《野宫》的选段，以《源氏物语》中人物“六条御息所”的故事为题材。大意为已化作幽魂的六条，在某个深秋，忆起往昔和光源氏的爱恨情愁，梦醒成空。

“啊，你来了，你果然来了，日女……”

“许久不见……”女子说。

乐鼓声不知何时停了下来，巢鼠们的身影也消失不见。

唯余月华如水，那女子亭亭玉立。

“您在流泪吗，道满大人……”

“说什么胡话，都这么大岁数了怎么可能哭。我可是道满，早就看尽了世间百态……”道满淡然一笑。

“是我多虑了。”女子莞尔。

月亮恰好升至中天。

“陪我喝一杯吧。”道满说。

“好。”

女子走近，坐在道满身旁。

“请。”女子托起酒瓶递向道满。

“多谢。”道满扶杯，女子往杯中斟酒。

“喝吧。”道满将饮尽的空杯递给女子。

“好。”女子接下酒杯，道满为她斟酒。

女子双手捧杯送至唇边，将酒饮下。

“好酒。”女子很高兴的模样。

接着，又换道满喝酒。

“您看起来挺好的。”女子说，“尽管上了年纪，看着依旧硬朗。”

“地狱的狱卒们，都探着头盼我早点去报到呢。可我偏偏如幽灵一般，仍在这人世间流连……”道满叹道，“九十年、一百年、一百二十年了……我已不再去算年纪。你看，只是皱纹在一天天变多……”

“您还是这般玉树临风。”女子笑了，“每隔八年，您都会来与我相会，我很高兴。”

“有赖于星月轮转。若非今日此刻，我们也无法相见……”

“是。”女子颔首。

“你永远这样年轻。”道满说。

“因为，我不会老了……”

女子流露出些许寂寞的表情。

“只有我在变老……”

“我也想和您一同老去……”

女子以袖掩面，轻拭眼角。

“六十三年，不，是六十四年前吗？”

“是。刚好是八八六十四年前，那天和今夜一样，也是满月。就在这枫树下……”

“只有我还活着……”道满轻轻摇头。

他凝视着女子，眼中蓄满了泪水。

女子再度以袖拭泪。

“虽然是短暂的相逢，但我很幸福。”女子的声音如此温柔。

“过来。”道满说。

“好。”女子挪近些许，依偎在道满身旁。

“陪我一会儿吧。”

“好。”女子将头靠在道满胸前。

“对不起。想早日去你那边，奈何这条命迟迟不休。”

“没事的，我会一直停在这个年纪等着您。”

“稍许……”

“稍许？”

“虽说何时离开人世都无妨，但这世上，还稍许有那么一点有意思的地方。”

“是什么竟能让您说出这样的话……”

“像我这般，竟还能碰上一个闲来对饮之人。”

“啊，是哪位呢？”

“是男子。”道满说。

“男子？”

“嗯。”道满唇边浮起略带羞涩的笑意。

“一定是一位很好的大人吧？”

“是吗，谁知道呢……”

道满将女子搂到怀中。

二

翌日清晨，道满睁开眼，怀中抱着古枫根部的石冢。冢呈圆形，像人的头颅大小，上面长着青苔。

道满缓缓起身。

脚边落着两片穿孔的红叶。

毛栗球。

橡果蒂。

打了孔的橡果壳。

中间空空的栗子。

地上还躺着几朵擎着红伞盖的红天狗茸。

燃尽的火堆委顿于地。

道满环顾一圈，低声自语道：“许久未去了，到土御门大路那边露个脸吧……”

晨光微曦，斜斜照进山林，道满优哉游哉地启程出发。

解厄观音

一

春意近了。两三天前，庭中的梅花还是一朵、两朵零星地开，今日，一股脑儿地开了满庭。

明丽的阳光下，每个枝头都绽着十数朵梅花，乳儿指尖大小的花苞更是数不胜数，点缀其间。

梅香的甘饴融入风中荡漾开来。

坐在檐廊向阳处，仿佛已置身春日。

在晒得到太阳的地方放上蒲团，晴明和博雅已坐在那儿小酌了片刻。

时而有风拂面，浓淡相间的梅香化作两人的鼻息。

空气中的梅香原是浓淡有序地分布着，风一过，便错落交织在一起。

“这宛如音符一样……”

博雅端着饮至一半的酒盏，有感而发。

浓淡强弱不一的梅香飘入鼻中，在博雅看来，恰似闻见了春天的音符。

“原来如此。”晴明点头，“博雅，你是将这香气当成乐曲来聆听吗？”

晴明说着，将酒盏递到唇边。

饮完，他又把空盏缓缓放在檐廊上，喃喃道：“嗯……这也可谓是咒……”

“咒？”

“是的。”

“哪个是咒？”

“我是想说，咒和咒，其实很容易互换。”

“啊？”

话刚出口，博雅就立刻摇摇头，举杯喝了一口酒，说道：“算了，算了。”

“我不该问的，我错了。你就当我没问吧。”博雅放下空盏。

“不是问得挺好嘛，就让我谈谈咒吧，好久没说到这个了……”

“可我听了也不明白。”

“不，你明白的。”

“就算我听得明白，但每次听你讲完有关咒的种种，本来的好心情就会跑得一干二净，所以我宁愿不懂。”

“这无妨，就让我说说吧。”

“晴明，你这算是在求我吗？”

“唔……嗯。”

“这样呀，既然晴明你有求于鄙人，那博雅我不妨听听。”

博雅边提壶注酒，边饶有兴致地看着晴明。

“怎么了，不说了吗？”博雅端起刚斟上酒的杯盏，问道。

两人如小狗般嬉闹着。

“我现在不想说了。”

晴明扭头望向庭院。

阳光耀眼，梅花在盛放。

“你还是说吧，晴明。”

“好。”

博雅话音未落，晴明便欣然点头。

“那我开始讲了。”晴明转过头来，面朝博雅。

“唔。”博雅应声。

“其实，听着音符觉得悦耳，闻着梅香感到芬芳，这些都是对人心所施的咒。”晴明说道。

“嗯……”

博雅端着酒盏的手停在半空，低声咕哝，一脸上当了的表情。

他抿了一口酒，将未饮尽的杯盏搁在檐廊上。

“所以又如何呢？”

“也就是说，我们可以将梅香当作音符聆听，同样可以将音符当作馥郁的梅香赏闻呀，博雅。”

“那又如何呢？”

“像这般相似的事物自不必说，我想说的是，咒还能轻易置换截然相反的两者。”

“什么意思？”

“举例来说，若是对某人思念心切，久念成疾。这时，心中的那份想念就很容易转变成恨。”

“这个道理，就算晴明你不把咒那一套搬出来，我也知道的。”

“哦？”晴明颇有玩味之意地看着博雅。

“怎么了？”

“博雅，听你方才话中之意，你曾尝过这般入骨相思？”

“怎么可能，我何时说过这样的话了？”

“就是现在呀……”

正当晴明调侃时，蜜虫的身影出现在檐廊上。

她来到两人面前，微微福身。

“有客来访。”

二

来客是一位看上去四十出头的妇人。

她随蜜虫进来，拜见晴明和博雅，在檐廊上入座。

“稻生见过二位。”妇人躬身行礼，“我家住在西京的草屋里。”

她衣着陈旧，但不失体面。入座时的仪态和坐姿，也流露出一种不可言喻的优雅风度。

“绫子小姐和我两人在那间草屋里生活，由我服侍她的起居。绫子小姐今年二十有八，是位出身高贵的大家闺秀……”

那名为稻生的妇人好似心里装着急事，话说得稍显急切。

“请问今日造访，是否有事相商？”晴明问。

“请救救我家绫子小姐。”稻生说。

“救？”晴明问话时，朝博雅看了一眼。

博雅一副对稻生所言饶有兴趣的模样，对上晴明的目光，用眼神给予了回应。

“是这样的，绫子小姐最近样子有些奇怪。”

“嗯……”

晴明收回视线，看着稻生问道：“具体是何处奇怪？”

“是。”稻生点头坐正，将事情的经过向两人道来。

三

从朱雀大路看过去，绫子曾经的住所位于三条大路的东侧，鸭川以西一带。

绫子和母亲同住，父亲在宫中典药寮[①]身居高位，除父母外别无血亲。十年前，父母相继染疫过世，留下绫子孤身一人，举目无亲。

那时，绫子有个恋人，靠着恋人的赠礼，勉强维持着有四名家仆的生活。然而因膝下无子，自三年前起，男人不常登门，同绫子日渐疏远。大约两年前，连绫子的书信也不再回复，当然也不再送来任何物品。

外界传言，那男人早已移情别恋，并和对方有了孩子。

绫子有些积蓄，但也支撑不了多久，府中仆役们渐渐离去，最终只剩下稻生一人。

两人相依为命后，三条的宅邸显得大而空寂。眼见积蓄已不多，两人便狠下心卖掉了祖宅，大约在一年前搬到了西京荒郊。

在几座连贼人也不愿来藏身的破寺附近，绫子和稻生盖了间茅草屋，重新开始生活。然而，当时的绫子已患上心病。

她痴痴盼着那个不会来的男人，对其他男子送来的诗文歌赋视若无睹。日复一日，每天都在焦心的等待中度过。

自搬到西京后，无论是听见风声，抑或只是庭中萩草拂过墙壁，她都会慌忙起身向外张望。

“他来了……”

四季美景、应季盛放的花儿，也只能带来稍许宽慰，更多的是郁郁寡欢的日子。

大约半个月前，绫子开始说一些古怪的话。

半个月前的某天早晨。

“哎，稻生啊……”绫子主动跟稻生说话，“昨夜，观音菩萨在我面前显灵了。”

---

① 日本平安时代，宫中负责诊疗、药园管理的部门。

绫子看上去和往日不同，嘴角微微带着笑意。

“观音菩萨说，她听见了我的哭声……”

事情是这样的。

四

“本座悉听施主的哭声。为何终日这般哭泣？”

菩萨在绫子面前显灵后，如此问道。

绫子向菩萨道出了发生在自己身上的种种曲折经历。

“施主定是尝尽了诸多不易，真是难为你了。”

父母双亡，恋人冷落，府中的家仆们也相继离去，落魄到搬至这荒凉的西京，寄身于清冷的茅草屋中。

待韶华逝去，容颜衰老之时，就不会再有追求者登门了吧？

长此以往，只觉前路混沌不清。

稻生虽待自己十分亲近，但到底要年长许多，恐怕今后会先于自己离开人世吧。那样的话，就剩自己形单影只地留在这世上，不如一死了之……

菩萨听完绫子的诉苦，开口道：“真是世事无常啊。”

绫子说，菩萨留下这句话后，便隐去了真身。

稻生心想，那是绫子的梦境。绫子大概是梦见了观音菩萨吧。

心酸和不安压在心头，日以继夜无法消散，烦忧中梦见了观音菩萨显灵。

但五天后，也就是十天前的早晨，绫子又说了相似的话。

稻生对晴明和博雅如此说道——

“我又见到观音菩萨了。”绫子说。

“这次你们说了些什么？”稻生问。

“像我这样抱着怨恨度日的人，死后是不是去不了极乐世界？”

绫子说，她是这般向菩萨求解的。

“此言差矣。”菩萨说，“我佛慈悲，普度众生。无论是谁，都会施以援手。”

绫子说，菩萨是这般劝慰她的。

稻生想，这也是梦中所见吧。

然而，就在三天前，绫子对稻生说：“稻生啊，观音菩萨昨夜赠了我一件宝贝。”

“看施主如此不安，我赠你件宝物吧。”菩萨对绫子说。

“是什么？”绫子问菩萨。

“便是我脖颈上所戴的这个黄金箍。”

“黄金箍？”

“正是。”

观音菩萨解下套在脖子上的黄金箍。“正是有了此物，我才能在阳间和极乐世界来去自如。”

说着，菩萨将黄金箍放到绫子手中。

“来，把头钻进去试试。套上这个箍，就能看到极乐世界了。”菩萨说。

绫子试着把头钻进手中的箍，可怎么也钻不进去。箍要比头小，无论如何也套不上。

“那我明天带一个大一点的箍来。”菩萨见状说道。

听了绫子的话，稻生开始觉得有些蹊跷。

到第二天早晨，绫子对稻生说：“不行，我还是钻不进去。”

又过了一天，早上，绫子一脸兴奋地告诉稻生：“感觉箍又大了一圈，不用多久我就能钻进去了。”

这显然已经不是梦了。

稻生断定，绫子身上肯定出了什么问题。

如果是梦，怎么可能夜夜梦见相似的内容。更何况在这相似的梦境中，事态还在一点点地变化。

于是当晚，稻生打算彻夜不眠，暗中观察睡在对面的绫子。

夜深了，房内一片漆黑，装睡的稻生数着绫子的呼吸声。突然，呼吸声起了变化，同时传来衣料摩挲的声响。

黑暗中，绫子好像起身了。

稻生听到她站了起来，脚步声越来越近。

脚步声停在假装熟睡的稻生枕边，感觉好像绫子正俯身看着自己。稻生顿时惊恐万分，以为自己装睡被识破了。

然而，绫子站着听了片刻稻生的鼻息后，什么也没说，径直走向了屋外。

到底怎么了？

稻生随即起身，追了出去。

惨白的月光下，绫子拖着虚浮的步子，黯然独行。

这究竟是怎么回事？

稻生思量，绫子大概是被什么东西蛊惑了。

绫子在距草屋不远处，一座破寺的山门前停下了脚步。

寺庙院墙已斑驳不堪，山门歪斜，残瓦落了一地，枯草丛生。

稻生想出声叫住绫子，但她已穿过山门，进到了寺中。

稻生赶忙跟上前去，穿过山门，一座破落的大殿映入眼帘，绫子正站在殿前台阶处。

半数的台阶已朽败，没有垮塌之处也摇摇欲坠，恐怕承受不了人的重量。

眼见绫子抬腿欲迈上台阶，稻生脱口而出："危险！"

她疾步冲上去，从背后抱住绫子。

"啊——"

不顾绫子的喊叫挣扎，稻生拼命抓着绫子的手把她拉出寺庙，强行带回草屋。

回到家后，绫子直接睡下了。

稻生担心再生变故，便坐在绫子枕边守着，一整夜没合眼。

太阳再次升起，绫子醒来后，又变回了原来的样子。问她昨夜的事情，竟毫无印象。

对此，稻生暂且松了口气。

不过她确信绫子是被什么东西附身了。

想来，那些狐精之类的妖物，还不敢在光天化日下作恶。于是稻生对绫子说："小姐，我出门一趟，很快回来。"

几个时辰前，稻生将绫子一人留在草屋中，前往晴明宅邸。

"之后我便来到大人府中。"

稻生向晴明解释道。

五

"原来如此，事情我大致了解了。"晴明点点头，说道，"事不宜迟，这就动身吧。"

晴明已从席上站了起来。

"事不宜迟？"稻生也随着晴明直起身来。

"您可想过为何那妖物不附体于您，而选择绫子小姐？"

"这个……"

"你们二位生活在同一屋檐下，被附体的却偏偏是绫子小姐。当然，这也可能是偶然的情况，但更合理的猜测是，相较您而言，这妖物和绫子小姐间有着某种互通的情感维系。"

"您是指……"

"恐怕那妖物已和绫子小姐结下孽缘。"

听闻晴明此言，博雅也不由得挺直腰板，问道："怎么会这样？晴明，听你这么一说，我也很想知道……"

“我是指，即使是在光天化日下，绫子小姐的处境也很危险。”
“什么?!”博雅惊讶得从原地站起。
“您说什么？”稻生也随之起身。
“我说，我们得尽快赶到西京了。”
“唔。”博雅不禁屏息凝神。
晴明看了眼博雅，问：“事已至此，不如同去吧，博雅大人。”
“嗯、嗯。”博雅点头。
“走。”
“走。”
事情就这么定下来了。

六

西京。
一辆牛车停在稻生和绫子的草屋前，博雅和晴明从车上下来。
稻生一下车，边唤着“绫子小姐、绫子小姐”，边向屋内跑去。
晴明和博雅紧随其后，走进草屋。
“绫子小姐不在这儿，哪儿都没找到人……”
进门后，稻生回头对两人说。晴明和博雅也望了一圈屋内。
“确实不在。”晴明一言点出。
“小姐去哪儿了……”
稻生一时不知所措。
“您之前提到的那座破寺，就在附近？”
“是的。”
“请带我们前往。”
稻生在前面引路，晴明和博雅穿过草屋旁的破寺山门。
正如稻生所言，正对面立着一座破败的大殿。

“进去看看。”

晴明最先登上朽败不堪、摇摇欲坠的台阶，走进大殿内。

“嘶——”一进门，晴明倒吸一口气。

“啊！”跟在他身后的稻生也惊叫出声。

和稻生同时跨入大殿的博雅，也看到了那一幕。

大殿各处的地板已腐朽塌陷。殿顶也剥落离析，午后的阳光从瓦裂开的地方漏进来。

日光勾勒出绫子的身影。

佛龛上摆着一尊木雕观音像，雕像的一半已腐烂不堪。

绫子就在观音像前，站在佛龛的边缘，双手握着一个圈。

她正把头伸进那个圈里。

那个由绳子编成的圈，从房梁上垂下。绫子正打算悬梁自尽。

“住手。”

晴明疾步上前。

他攀上佛龛时，绫子已将绳索套在了脖子上。

绫子用脚蹬离佛龛边缘，身子悬空，颈部的绳索承受了全身的重量。就在那一刹那，晴明及时抱住了她的身体。

“晴明。”

博雅紧随其后，一个箭步跳上佛龛，从怀中抽出短刀。利刃划过，绳索当即断成两截。

绫子被救下来，平躺在大殿的地板上，套在她纤弱脖颈上的绳索已被解下。

“绫子小姐。”

听到稻生的呼唤，绫子睁开了双眼。

她仰头直愣愣地看着稻生，开口道：“稻生啊，我刚刚差点就能钻过那个箍，前往极乐世界了……”

绫子说完话，才意识到晴明和博雅的存在。

“稻生啊，这两位是……”绫子问道。

“是土御门大路的安倍晴明大人，以及源博雅大人。”

“为何两位大人会在此处？”

“是我请他们来的。两位大人救下了小姐您的性命啊。”

“救下了我？”

“正是。”稻生点头。

“那么……”晴明起身站定，将那环形绳索放到左手中，“为确保类似的事件今后不再重演……”

说着，晴明平伸右手二指，对准绳索，低声诵起咒来。

诵毕，用两只手展开绳圈，高举过头，然后松开了双手。

绳圈悬在半空，并未掉落。

众目睽睽之下，一道人影显现在晴明面前。

起初还很稀薄，随后人影渐渐变深，最终化作一个披头散发的女人。

她肤色苍白，嘴唇黑紫，眼中闪着绿光，颈上套着晴明方才松开的绳索，一副咬牙切齿的模样。

“可恶，只差一步，那个女人就落入我们手中了……”女人用嘶哑的声音问道，“是谁坏了我的好事？”

“是土御门的安倍晴明。”晴明答。

女人诧异地歪着脑袋，若有所思。“你是阴阳师啊……”

“是。”

晴明点头，凝视着女人，开口道：“这么多年，你一直都是孤身一人，真是难为你了……”

“是啊，我始终孤身一人，困于此地……”

“你等了多少年了？”

“十五年——不，是十七年。十七年了，一直在此游荡……”

“那一定很煎熬、很寂寞吧。所以才想要一个能陪自己说话的人……”晴明对她说。

“是啊，正是如此……”女人点头，开始号啕大哭起来，“太寂寞了。那孤零零的漫漫长日，实在难以忍受。一直以来无人相伴，直到……”

“直到你听到了那位小姐的声音，是吧？”

“是的。约莫从一年前开始，那个声音就出现了……”

一年前，正是绫子迁居此地的时候。

“从那时起，夜夜传来哀切的哭声。心上人爱上了别的女人，不再来看望自己，因此心碎不已……”

女人说着，望向绫子。

“原是同病相怜之人。我也是一样啊，心爱的男人移情别恋后，弃我如敝屣。我心如死灰，悬梁自尽之日，刚好是十七年前……”

女人再次看向晴明。

“好不容易找到了一个可以谈心的人，便每晚去找她说话。起初她察觉不到我的存在，直到半个月前，她终于听到了我的声音……”

“然后你就动了心思，想把绫子小姐唤过去？”

“是的，我确有此意。没想到晴明你来捣乱……”

女人一脸怨恨地盯着晴明。

“今后，你打算怎么办？”晴明问。

“什么意思？”

“你还会把人唤到那个世界吗？”

“嗷——”女人闻言，不禁号泣。

嗷啊——

嗷嗷啊——

“我也不想这么做啊。只是太寂寞，不自觉地就会想找个伴。我本意并非要夺人性命，只是控制不住啊。你……”

“请讲。”晴明点头。

“你能教教我吗，该怎么办才好？我该怎么办啊，晴明大人……”

面对女人的求助，晴明沉默了。

“往后，我又该如何自处呢……”

“……”

“这般苦寂的日子，何时能到头啊？我会永远被困在这里，抱着无法排遣的孤寂度日吗……”

“终有一天，会消失的吧……”晴明开口了。

“消失？”

“这座寺堂经风吹雨打，破落腐朽，之后又长出绿草。草木枯荣，岁月轮转。经年累月，你的这份执念也会渐渐被大自然同化。你心中所念终将消融在草木的气息中，到时候，究竟是化作了草还是树，你自己也分辨不清了……”

“那我还需要等多久……”

“可能是一年、两年……十年，也可能需要再等一百年、两百年……”晴明微微摇头，叹道，“我也不清楚……”

“你不清楚？”

“是。”

“或许我还要百年、千年地继续痛苦下去？”

“是。”

“嗷嗷……”女人哭着说，“受不了了，这如何承受得住？晴明，求求你帮帮我吧，让我解脱吧……”

“这个，我做不到……”

“你做不到？”

“是。”晴明点头，沉吟道，“我深谙阴阳之道，也通晓天地之理，知道世间万物皆具阴阳五行属性。但即便如此，我也并不会治愈人心创伤的法术，请你原谅。”

“为什么啊，晴明？”博雅问道，“你不是无所不能吗？对这类事情，你应该比谁都清楚，有各种办法的呀，为什么说办不到？你怎么会有办不到的事呢……”

博雅眼中闪着泪光。

“我确实做不到，博雅。抱歉，我拥有的法术并没有此类能力。”

“怎么会这样？晴明，你无论如何也救不了她吗？”

博雅的眼泪夺眶而出。

“啊，您是在为我哭泣吗？为了我而落下泪来……”

女人说着，婆娑泪眼中似乎露出了微笑。

女人的身影渐渐淡去，忽地消失不见了。

最后留给这个世间的，是她带着微笑的脸庞，但也在转瞬间随着躯体消散无踪了。

绳索悄然落地。

七

夜晚，檐廊上摆着灯台，一盏烛光如豆，映着晴明和博雅悠然对酌的身姿。

梅花的香气，在夜色中酝酿。

“晴明啊……”

博雅端起酒盏停在嘴边，开口道：“当时，你是故意这么说的吧……”

“你说什么？”

晴明屈起单膝，背倚廊柱，望向点缀在庭院幽暗处的白梅。

“你别装傻。你跟那位女子说，你无法治愈人心的悲伤……”

“不是故意骗她，是真的。”

“什么？”

“正因为如此，那名女子的悲切之情使你感同身受，流下了眼泪。而正是你的话语和眼泪让她得以解脱。救了她的人是你啊，博雅……”

“难道不是你故意激我说出那番话的吗？”

“怎么会，我当时没想那么多……”

“真的？”

“嗯。”

“我还是不相信。不过话说回来……”

“什么？”

“你之前提到的，心和心若有共鸣，便会相通，结下缘分，现在看来，果真是如此。”

博雅感慨万分，抬手将酒饮尽。

“那位现在怎么样了？”

“谁？”

“就是悬梁自尽，最后消失了身影的那位。”

“博雅啊。”

“嗯？”

“想象你在吹笛……”

“嗯。”

“她就像笛音一样。”

“和笛音一样？”

“短暂地生于天地间，微微振动这大气，转瞬即逝。而笛音散去的地方，也是那位的归处……”

“你的意思是……”

“想必她已消融于这天地间，回到轮回中了。”

“是回归自然之意？”

“嗯，可以这么理解。”

“那也未尝不是幸事。人生在世，无论心念多么纷乱、起伏不定，终将迎来归于尘土、归于平静的那一日……”

“嗯。”

“这大概就是所谓的极乐往生吧。”

博雅说完，暗自点了点头，淡然一笑。

“博雅，想听你吹笛了。”

晴明望着庭院说。

“就算你不说，我也正有此意。”

博雅从怀中取出叶二，抵在唇边，轻轻吹响。

笛音四溢。

音符在夜色中流转，漫过流光点点的白梅，化作清风拂向天际，好似召唤春天的使节。

魃雨

一

有个名为叫麻吕的猎户，出没于丹波山一带。

叫麻吕总是带着一条黑犬进山，靠狩猎野猪、野兔、山鹿、山鸡等飞禽走兽为生。

有时也会布置陷阱，不过他更习惯用弓弩打猎。

叫麻吕是捕猎好手，虽说不是次次进山都能碰到猎物，但只要目标一出现，不管是野猪还是山鹿，都会成为他的囊中之物。

然而那日，他在山中转了三天，仍是一无所获。

别说是山鸡，连山中鸟禽的叫声也没听到。

“究竟是怎么回事？”

约莫五天前，山中下了场暴雨，小石粒似的雨点砸下来，一时山摇地动，雷声轰鸣。

梅雨季将至，山中时常会出现风雨交加的恶劣天气，但势头都不如这次来得猛烈。

待风止雨霁，山林复归宁静，叫麻吕带着猎犬进入森林。

入梅前的山色，美不胜收。

青山如洗，绿得不似春日里的争先恐后，也不像夏季那般浓墨重彩。森林中一簇簇的绿意浓淡有致，林间洋溢着绿植发酵的香气。

叫麻吕却无心赏景，寻不见猎物的踪迹令他头疼不已。

那条猎犬的名字叫炭丸。

狗的嗅觉天生比人灵敏，能追踪山禽走兽几日前留下的足迹，炭丸更是个中高手。

可这回，即便是炭丸，在山中耗了这么久也寻不见动静。

叫麻吕心想，看这情况是要无功而返了。

若是叫麻吕一个人，嚼干饭，啖肉干，就地采些野菜，还能在山中再凑合个十来天。但炭丸没有食物，往常都是叫麻吕捕获猎物后分些肉给它，无奈这回一无所获。

"回去吧。"叫麻吕低头对炭丸说。脚边的炭丸却不见了踪影。

炭丸总是跟在自己身侧，要不就是走在前方不远处嗅闻猎物的气息。

发生什么事了?

叫麻吕回头找去，看到炭丸停在后面十步远的地方。

它正盯着左侧的树林，喉间发出低吼声。

这副模样，和平时发现猎物时的低鸣不太一样。

"怎么了？"

叫麻吕弯下腰，顺着炭丸的视线望去。

他很快发现了炭丸看见的东西。

一抹青绿在森林中穿梭。

是人吗？叫麻吕暗忖。

若是人，行为又太诡异，而且个头很小。

那物身量看着像个未满三尺的小孩，穿着青衣在森林中奔跑。

乍一看确实像人，但那绝非人能做出的动作。

而且它的速度太快了。时而坐在长着苔藓的岩石上，时而踏树根而行，上一秒还朝这儿来，转眼又去了那儿。青色的衣袂随着动作上下翻飞。

若要将它比作什么，单就行动之态来看，好比蝶舞翩翩。

它灵活地东奔西窜，动作完全无法预测，像一只青蝴蝶贴着地面飞舞。

那东西头上好像戴着一顶乌帽，帽檐随着动作猎猎飘扬。

它的身影在林木丛中时隐时现，偶尔也会转过头来。

叫麻吕看到了它的脸。

脸上没有眼睛。它长着鼻子和嘴巴，独独没有眼睛。

而那张嘴，像被利刃割过一般裂到耳根，正咧开笑脸。

桀桀桀……

桀桀桀……

那物边跑边跳，口中还不时发出怪叫声。

是妖怪。

叫麻吕险些叫出声来，他强压下想要逃离的念头。

面对的是野兽也好，妖怪也罢，一旦转身逃跑，定会被紧追不舍。碰到这种场合，鼓起勇气直面迎击为上策。

叫麻吕举起弯弓，箭已搭在弦上，引弓待发。

就在此时——

桀桀桀……

那妖物猛地掉头朝叫麻吕迎面冲来，不知是碰巧转向，还是打算进攻。

就在这千钧一发之际——

汪！

炭丸一声吠，箭应声离弦。

只听“扑哧”一声，妖物的胸口被箭贯穿，“啪嗒”倒在地上。

可是叫麻吕还没来得及喘口气，那妖物又爬了起来。

炭丸像是要阻止它的行动一般，狂吠不止。

妖物虽然又爬起来了，行动却已不复先前那般敏捷。

它迟缓地挪动着四肢，好似没有感到痛楚，伤口也没流血。只是中箭后，动作变慢了。

它依然在咧着嘴笑，裂开的口中露出白色的牙齿。

“这到底是什么？”

叫麻吕凑上前去，那妖物倒也没有露出攻击的架势。

箭矢没入青衣，纵贯胸口。

细细打量之下，衣领下有隆起的胸部。不管是妖是怪，反正是雌性。

看那妖物已无害，叫麻吕用藤条将其绑住带了回去。村里人见了，都是又惊又惧，不知究竟为何物。

“活到现在头一回见。”

“肯定是妖怪，但不知道具体是什么。”

料想僧人见多识广或许知道，便前往附近的寺庙让僧人过目。

“这这……这怪异之物，贫僧生平也是第一次见……”

还是没问出一点头绪。

没办法，叫麻吕只好把绑着藤条的妖物拴在家门口的树上，供水供食地养着，不料那妖物滴水不进、粒米不沾。

尽管如此，它丝毫不见萎靡。只是动作十分缓慢，仅此而已。

箭矢仍插在它的胸口。

叫麻吕心想，妖物的动作变慢，是胸口插着箭所致，因此没有冒险将箭拔出。

五日后，京城也听到了风声。又过了五日，叫麻吕奉令带着那妖物进京。

“还有这等妖物，我定要瞧上一瞧。”

原来是藤原为长听到传闻后，传召叫麻吕前来。

叫麻吕和炭丸被带到了为长的宅邸，候在庭院中。

为长坐在庭阶上方，几名公卿以及身穿黑袍的男子分居左右两侧，都颇感兴趣地探出身来打量。

那妖物腰间捆着绳索，双手被缚于身后，绳子的一头握在叫麻吕的左手中。

妖物的胸口仍插着箭，身量要比猴子大两圈，显然不是猴子，身上一根体毛也没有。

它头戴乌帽，帽檐下的脸上没有眼睛，只看得到鼻子以及裂至耳垂的嘴巴。

“它真的中箭了吗？”为长问。

“是的。”叫麻吕点头回话。

“为何没有死？”

“小人也不知。用刀刺或砍，伤口处会流出像青色的血一样的汁液。但那伤口会立即愈合，不会致死。”

叫麻吕解释说，将箭拔掉后，妖物胸前的伤口恐怕也会立即愈合。他担心妖物恢复精神后开始作乱，因此没有拔箭。

把它的双手缚在身后，也是为了防止它自己拔箭。

“真是令人毛骨悚然。这到底是何物？”

“回大人，小人实在答不上来。”

在为长的询问下，叫麻吕将自己如何撞见这妖物，如何射中它等事发经过一一道来。但无论讲得多么细致，还是说不清这妖物的来历。

“你把它头上戴着的那个像乌帽之物取下来看看。”为长说。

“小人此前已试过多次，但每次它都会发出令人胆颤的呜泣声，所以从未成功取下。而且，那帽子看着戴得很紧，没有足够的力道恐怕无法取下。”

“不妨再试一试。”

叫麻吕只好听命行事，手刚搭上那顶乌帽，就传来怪异之声。

嗤吭嗤吭！

嚄嚄嚄嚄嚄嚄……

嗐嗐嗐嗐嗐嗐……

那妖物发狂似的甩着脑袋，龇齿嘶吼。这情形看着就令人心惊胆战。

“摁住它，无论如何都要给我取下来！”

为长一声令下，数名家仆一拥而上把它制住，费了很大功夫，终于从妖物脑袋上扯下了那像乌帽子的东西。

“啊！”

“天哪！”

藏于帽下之物露出的瞬间，家仆们都失声惊叫起来。

覆在帽下的，竟是一颗巨大的眼珠。

寸发不生的头顶上嵌着一颗鸡蛋大小的眼珠，正骨碌碌地转着，对庭中众人眈眈相向。

此时，一名躲闪在一旁的家仆忽然意识到，自己手中握着的正是本应刺在妖物胸口的箭。方才摘帽之时，他一手握箭借力，不料在大惊失色下，竟顺势将箭拔了出来。

桀啊啊啊啊……

妖物引颈长吼。

扑哧、扑哧，捆绳应声而断。

嗷嗷啊啊啊啊啊……

嘶吼声不绝于耳。

二

夏日烈阳烘烤着庭中的草木。

有些花儿正在怒放，有些已经凋谢了，还有些只见茎叶，要待到盛夏过去，闻见秋天的气息才会开花。

下野草、虎尾、萤袋、露草，还有百合，擎着硕大的花冠。

土御门大路的晴明宅邸，像是将小半片田野原封不动地搬进了庭院，其间长着药草，也有别的花草。百草丰茂，乍一看是放任草木恣意生长，实则种植布景都暗藏着晴明的用心。

但此刻，满院花草委顿于地，蔫蔫地没有半点生气。

炽热阳光的暴晒下，茎叶中的水分好像都被这热浪夺走了。

土地同样干旱缺水。

夜晚凝结的露水，清晨滴落在地面，花草们便以这稀薄的湿气维系生命。

“晴明啊，真是太热了。”

博雅坐在檐廊上，抱怨道。

“确实很热。”

晴明一身白色狩衣，宽松凉爽不见暑热之态，但瞧他时不时举起袖口在脸旁扇风，便知他还是感受到了这股暑气。

今年的梅雨季并没有下雨。

算日子已是入梅时节，雨却久候未至，晴朗的日子倒是持续了一个月有余。

在连日的晴天之前，曾下过一场暴雨，山林树木蓄满了水分。但经过这些日子，早已发散殆尽。今年鸭川的水量不足往年的一半。

晴明和博雅两人坐在檐下里侧。若是坐在靠近房檐的无荫之处，烈日下怕是没有这般闲情逸致了。

两人正举杯对酌。蜜虫候在一旁，见杯盏空了，便斟上酒。

时有微风吹来，却也吹不褪因酒至微醺而泛红的面色。

“饮酒还是等天黑后比较好……”

晴明轻声自语。

太阳下山后再过半个时辰，暮色四合，白日里的暑气多少会消减些。此时若有清风送爽，当是把酒共醉的良宵。

“酒嘛，欲饮则饮才快活。”博雅相邀。

于是两人便自得其乐地饮起来。

言归正传，这天不降雨真是令人头疼。

“听闻各地都出现了抢水事件……”博雅饮至一半，喃喃道。

“好像是有这情况。”

“听说多地已出现稻田干涸、泥土开裂的情况……”

若无水灌溉稻田，那今年的水稻将颗粒无收。再这样下去，恐怕会有很多人死于饥荒。

“还有，这股味道……”博雅皱着眉，捏住鼻子。

鸭川的河滩边，弃置着那些倒在路旁死去的旅人，以及鳏寡孤独、死无以葬的尸骨。

生前处境好一些的，都被拉去鸟边野[①]焚烧了，但更多的是无人认领的尸骨。这些尸骨的最终去处之一，便是鸭川的河滩。

往年的夏季，总会遭遇几场暴雨洪灾，将河滩上的尸骸冲走。今年仅靠一个多月前的那场雨，尽管水位一度有所上涨，也还没到能冲落尸骸的程度。

博雅言下之意，暗指那些尸骸在猛烈的日照下已经腐烂，在晴明的宅邸都能闻到风吹过来的异味。

况且，有人难耐这酷暑天气，中暑而死，死后曝尸于鸭川河滩。就算陈尸已被晒干，又有新的尸体开始腐烂发臭。

“听闻各地的寺庙都在举行祈雨仪式，但好像成效甚微。”博雅说着，看向晴明，“晴明，你听说了吗？”

“听说什么？”

① 平安时代京都的风葬场，与化野、莲台野并称京都的三大墓地。

“就是前几日，比叡山的丰莲上人在神泉苑祈雨的事。”

“好像连着祈祷了五日，才将乌云召至近处，但最终还是差口气，没能成功。”

“是呀，雨珠一滴、两滴地刚开始落入池中，突然像是被一股莫名的气流裹挟，回升至空中消散了，天气又恢复了晴朗。”

“嗯。”

“骏河、土佐、纪国周边，还算下了几场雨，可这京城真是滴雨未降啊……”

“嗯。”

“别光嗯呀，晴明。”

“怎么？”

“要不你来祈雨吧？”

“我？”

“是呀，区区降雨之事一定难不住你吧。”

“嗯，若要祈雨倒也可以。确实不是什么复杂的法术。”

“你是说祈雨不难？”

“是啊，博雅，你也能做到。”

“怎么可能……”

“只要嘴里念念有词，直到雨降下来就可以了。”

“什么呀！”博雅噘起嘴，做出发怒的样子，“晴明，你别拿我开玩笑……”

“啊，抱歉，博雅。其实祈雨的事，已经有人来过了。”

“来过了？”

“嗯。昨天宫里派人来传令，让我用阴阳秘术举行祈雨仪式。”

“你接旨了？”

“嗯，不能拒绝。”

“那你打算何时开始？”

“明日。”

“明日开始？”

“是啊。”

“在何处进行？”

“这个，还没定。”

“还没决定？”

“嗯，不过是得找个地方才行。我打算去……”

“去哪儿？”

“打算去问狗。”

“狗？”

“博雅，你没听说那件事吗？”

“哪件事？”

“藤原为长大人府上，有一名从丹波而来，名字叫作叫麻吕的猎人。”

“哦，你是指带着非人非猿的妖物的那位？”

“嗯。”

“那你说的狗是……”

“就是跟在叫麻吕身边的狗。”

“哦，那狗有何本领？”

“去了便知。”

“去？你在说什么？”

“所以说，博雅啊，我是在邀你明天和我同去……”

“什么……”

“怎么样，你去吗，博雅？”

“唔、嗯……”

“走。”

“走。”

事情就这么定下来了。

三

走在山野小径上，即便没有太阳直射，也免不了出一层薄汗。

一行人踏过干裂的土地、树根和碎石。

走在最前方的是一条黑犬，名叫炭丸。炭丸的主人叫麻吕跟在其后。

晴明和博雅一前一后走在叫麻吕身后，两人不时交换位置，道路宽阔时则并排而行。

这里是船冈山。

从藤原为长的宅邸出来后，晴明和博雅先是乘牛车前往此地，大概半个时辰前，牛车停在山麓无法前行，两人便从车上下来，徒步走在这山中小径上。

先前乘车赶路时，叫麻吕和炭丸在前头引路。从车上下来步行时，前方带路的还是他们。

炭丸用鼻子蹭着地面前行，根据地面残留的气味判断方向。有时像是气味断了似的抬起头来立定，在四周嗅一圈后，仿佛又闻见了什么一般继续追踪。

“狗的嗅觉很灵敏。”晴明对走在身侧的博雅说道。

约在一个月前，叫麻吕带来的妖物，在胸口的箭被拔出后便发起狂来，眨眼间翻过墙头没了踪影。

它逃离之际，炭丸猛地咬住了它左侧的小腿。

尽管最终还是被那妖物翻墙逃脱了，但当时炭丸的利齿在它小腿上撕了道口子。伤口处流出像是血的青色液体，滴落于地。

此刻，炭丸正是循着那青色血液的气味追踪。

“可是，听说那物被刀砍伤后，伤口会立刻愈合。这样的话，不就追踪不到那青色血液的气味了？”博雅的话不无道理。

“确实，伤口很快就会闭合。但在此之前，伤口的血已流到脚上，奔逃时那脚上的血又会滴落到地上。如此一来，气味也就有迹可循了。再说，就算没有沾血，足迹本身也能留下气味，炭丸的嗅觉比其他猎犬更为灵敏。当然，还多亏这晴天相助，下雨的话就会将气味冲刷掉，炭丸的鼻子再厉害，我们也无法像现在这般寻找了……”

“可是，晴明啊，我还是有件事搞不明白。”

“什么事？”

“不是传令下来，要你祈雨吗？”

“是呀。”

“那为何我们要做这些事呢？难道这就是在祈雨？”

“这不是在祈雨。”

“那……我们现在是在做什么？

“我们这是在干什么呢？

“喂，晴明……”

“博雅，我们要做的，是让京城下雨吧？”

“呃，嗯。”

“虽说不是祈雨，但我确实是为了让雨落下来，才来到此地。”

“我们这么做，天就会下雨吗？”

“应该会的。如果我想得没错的话……”

“那就把你的想法说来听听吧，我现在是完全找不着方向。”

“哎，别急嘛，博雅。”

“怎么了？”

“这个话题一会儿再聊，现在轮到你出场了。”晴明停下脚步。

“什么？”博雅也跟着停了下来。

抬眼看去，前方的叫麻吕已止步不前。

炭丸则在对面的岩石和树林间钻来钻去，辨别周遭的气味。

看样子，妖物留下的气味似乎是断了。

“不管怎样，应该就在这附近了。”晴明沉吟，“鸭川以西，大井川以东。估计不会往南边跑，应在北部，此处方位正如我所料。”

“你料到它会来此地？”

晴明没有回复博雅，转过身来对叫麻吕说：“好像只能跟到这儿了……”

“看样子是的。”叫麻吕看着炭丸说道，“唉，说来也过了一个多月了，凭气味恐怕……”

“已经足够了。”

晴明说完，转身问博雅：“你应该随身带着叶二吧？”

“当然。”博雅拍了拍胸口示意。

博雅总是将横笛叶二揣在胸前。

“鬼笛叶二，用来召唤他界生灵再合适不过……”

“他界生灵？”

“你能否在此处吹笛？至于曲子，最好是唐国的古曲，有没有关于雨的乐曲？”

“《雨舞乐》怎么样？”

“《雨舞乐》？”

“当年，安史之乱爆发，据说唐玄宗渡灞水奔蜀。途经灞桥，杨贵妃翩翩起舞，适逢细雨蒙蒙，唐玄宗一时兴起吹笛伴舞，吹奏的正是此曲。之后流传至日本……”

“就吹这首吧。”晴明颔首，继而对叫麻吕说：“准备好弓箭。”

“弓箭？”

“如果魃现身了，请将箭射入它胸口，让它动弹不得。”

“魃？”

“就是你在丹波山中捕获的妖物之名。”

“晴明，什么是魃？”博雅刚从怀中取出叶二，听到两人的对话，不禁开口询问。

“稍后再说。先吹笛。”晴明说。

博雅闻言，嗔怒似的噘了噘嘴，而双手已自然地捧起了叶二。

博雅的唇轻轻抵住叶二。

笛音流溢而出，在山林间回荡。

徜徉的笛音好似染上了一抹淡淡的绿，阳光透过树梢，衬得音丝熠熠发光。

四

博雅忘情地吹着笛。

浑然不知自己为何置身于此片森林，又为何吹奏起横笛，仿佛已在这笛音中和大自然融为了一体。

犹如风吹树叶沙沙作响，大自然的风拂过博雅，便吹响了这支名为博雅的乐器，流淌出自然的乐章。

博雅全情投入地吹奏着。

此时——

“来了。”晴明悄声低语。

同时，森林深处传来一阵说不上是人的嗓音还是乐音的声响。

啁咕咕咕咕咕咕咕咕——

像如歌的鸟鸣，又像未曾听闻的笛音，美妙极了。

恰似林木摇曳，绿叶相触于风中，奏响一首动听的乐曲。

啾咯咯咯咯咯咯咯咯——

仿佛是在呼应博雅的笛声，声响愈来愈大。

是那发声之物，越来越近了。

“是它……”

晴明话音未落，一个敏捷的青色身影出现在森林斜坡上。

唰啦，唰啦。

妖物从森林深处跳跃而来，踏着树根，踩在岩石的青苔上，在林间穿梭着渐渐靠近。

它的模样，正如先前描述的那般。

身高不足三尺，身披青衣，光着脚。脸上仅有口鼻，头上没有毛发，嵌着一颗大眼珠。

它停在近前方一块生有青苔的岩石上，咧开嘴仰天长啸。

啁咕咕咕咕咕咕咕咕咕——

啾咯咯咯咯咯咯咯咯咯——

那翘起的唇瓣中，溢出如笛音般动人的声音。

叫麻吕引弓上箭。

“且慢。”晴明制止了他，同时对博雅说：“博雅，请继续吹笛。”

说完，他迈步走向妖物所在的岩石。

晴明走到近处，那妖物并没有逃跑，依旧沉浸在同博雅的笛声的和鸣之中。

晴明攀上了岩石。

即便如此，它仍待在原地。

只见晴明从怀中取出一个物件，然后轻覆于它的头上。

是那顶遗落在为长宅邸的乌帽子。

那妖物头戴乌帽，一副满足自得之态，继续引吭高歌。

博雅的笛声渐止，它乖乖地留在原地。

“神北行……”晴明对其轻吐咒令。

此时，博雅和叫麻吕也来到了岩石下。

“厉害呀，博雅。多亏你的笛声，才能给它戴上乌帽，比我预料的还顺利。”

“你说，比你预料的还顺利……晴明，你预料中会是什么样的？”

“那个啊，之后再告诉你。”

“之后？”

“有位大人从方才起便在一旁观望。待同他打过招呼后，我们再边喝酒边聊。”

“观望？”

“事已了结，请现身吧。”

晴明朝上空喊道，头顶的树梢簌簌作响。

刹那间，周遭变得黯淡无光，只听得如巨鹏展翅的声响。有一巨物拨开层层枝梢，从天而降。

是一条身量可抵三匹马、两侧长着翅膀的翼龙。一位白发白髯的老者端坐其上。

“这便是传说中的应龙，想必您是叔均大人吧？”

晴明面对老者开口道。

“不错。汝是何人？”老者问。

“在下阴阳师安倍晴明。”

“那吹笛者是何人？”

“那位是源博雅大人。”

听闻晴明此言，老者低头将目光投向博雅。

“此曲甚妙啊！吾并非有意旁观，只因笛声太过美妙绝伦，不觉沉醉其中，不愿因吾现身而打断笛声。看那赤魃也老实本分，便想待曲终之后……”老者由衷地赞叹，接着说道，“本在赤水之北挖通沟渠，围拢四方，命应龙看守不让赤魃外逃。不料今年春令，黄沙肆虐漫至东边，赤魃趁机逃离。当时不巧，吾正乘骑应龙赶往昆仑山……”

“原来如此。”

“之后，吾遣应龙四处搜寻，约一个月前，应龙于此处寻见了赤魃。本呈报于我便可了事，不料那应龙想凭一己之力将赤魃带回，二者争相不下，打了个天昏地暗，致天降暴雨……”

“确实下了场暴雨。”

“最终应龙无功而返，吾打算亲自前来。兹事体大，得先上报天庭，故而又耽搁了须臾。然天上一日，人间已过一月有余……”

“原来如此，这么一来便解释得通了。”晴明颔首。

“赤魃，来。听得博雅大人的笛音，心满意足了吧。跟吾回赤水吧。”

老者话音刚落，只见赤魃忽地跃至半空。

应龙展翅，让赤魃借力跳上龙脊，在老者身前落座。

“晴明大人，博雅大人，欢迎两位光临赤水。愿有机会同游昆仑山，再度聆听博雅大人的笛声。想必西王母娘娘也会十分欣喜。”

西王母是居于昆仑山的女神。

“欲前来时，只须朝着吹向西边的风说，‘叔均大人，今夜欲拜访’，吾便能收到口信了。届时，吾会遣应龙来接应，乘上龙脊便可至赤水。”

“乐意之至。”晴明颔首感谢。

“那就静候光临了。”

老者——叔均言毕，只见应龙振翅腾飞，凌云直上。

卷起的风浪仿佛要将树梢割裂，应龙转眼已凌跃于林海上空，背后苍穹如洗。

随后，应龙的身姿消失在西天方向。

“汪！”

炭丸对着天际，发出一声犬吠。

五

雨，淅淅沥沥地下着。

细过蛛丝，如烟雾轻笼着夜晚，滴答滴答地掉在地上。

晴明宅邸的庭院中，泛起萤光一点、两点……

雨下得舒缓，恰好能让萤火虫自由地飞舞其间。

晴明和博雅坐在檐廊上，一边饮酒，一边望着萤灯漫舞。

烛台上，一灯如豆。

蜜虫身着唐衣，见两人手中的杯盏空了，便续上酒。

下野草、虎尾、萤袋、露草，还有百合。

夜幕下被雨水濡湿的花瓣，好似有微光闪烁。那微不可见的光芒乘着夜风潜入鼻腔。

雨是从傍晚开始下起来的。那时，晴明和博雅刚刚回来。

好比饥肠辘辘的人，突然摄入大量食物会有损健康，须从水和白粥开始一点点补充。干涸已久的大地也是如此，而这场蒙蒙细雨便是那水和白粥。

“可是啊，晴明……”博雅喃喃道。

“怎么了？”晴明正举杯欲饮，闻言，手停在半空。

“那究竟是何物？我到现在还是没搞清楚，到底发生了什么？”

“你是指魃？”

“嗯，你称之为魃，而叔均大人叫它赤魃。”

“并无分别。有时它还被称作旱母。魃会引发旱灾，因此又被称为旱魃。”

“这魃，究竟是什么来头？”

“有人认为是妖魅之类的异兽，其实究其源头，是黄帝之女。”

“黄帝之女？”

“是的。东方朔大人所撰的《神异经》中提到，长二三尺，袒身而目在顶上，走行如风，名曰魃，所见之国大旱，赤地千里……”

“竟有此事？”

“《山海经》中，也记载有关于魃的事迹……”晴明说道。

《山海经·大荒北经》的引文如下：

> 有人衣青衣，名曰黄帝女魃。蚩尤作兵伐黄帝。黄帝乃令应龙攻之冀州之野。应龙畜水，蚩尤请风伯、雨师，纵大风雨。黄帝乃下天女曰魃。雨止，遂杀蚩尤。魃不得复上，所居不雨。叔均言之帝，后置之赤水之北。叔均乃为田祖。魃时亡之，所欲逐之者，令曰：“神北行。”

“简而言之，就是黄帝命应龙率部攻伐，蚩尤请来风神雨神助阵，大兴风雨。应龙、风伯和雨师都有呼风唤雨之术，一时掀起狂风暴雨无法收场，黄帝便派下天女魃，止住了风雨……”

“这样啊……”

“魃的头顶有颗大眼珠，但没有眼皮，所以它讨厌雨水。”

“这是为什么，晴明？”

“合不上眼，雨珠便会直接打到头顶的眼珠里。它不想被雨滴打中，就在乌云靠近时，口吐热气将其蒸发。”

“原来如此……”

“尽管刀砍剑刺都无法夺其性命，但中箭后若不拔出，伤口便不会愈合，导致行动变缓。说来它头上的那顶乌帽，是叔均大人为其戴上的。戴着帽子便能挡雨，也就不会四处窜逃惹祸了。”

“你当时说，魃所在的方位，是鸭川以西，大井川以东……”

“鸭川流经京城东侧，大井川位于京城西侧。魃不光讨厌雨，也讨厌水，所以我估摸着它逃跑时不会渡河。”

“啊，是这样啊。”

博雅由衷地叹服，端起酒盏饮了一口，继续问道：“晴明啊，你接到祈雨的指令时，就想到为长大人府上魃的传闻了吗？”

“那是自然。”晴明微微点头，将方才端至唇边的酒饮尽，“不过比起我，还是博雅你更厉害啊。只是你不自知罢了。”

“你指什么？”

“方才在林中，我不是拜托你吹一曲和雨相关的乐曲吗？”

“嗯。”

“自古以来，都说龙笛的音色，似龙腾跃之际的高鸣。”

“确实如此。”

“以附有朱雀门鬼之精魄的龙笛，奏响雨之曲。而吹笛者，正是那名动天下的源博雅……”

“所以，这又如何？”

“对于魃大人来说，听闻笛声如同沐雨。我想它定会前来阻止，故而备好弓箭……”

“你这是拿我当诱饵呀？”

“咳，抱歉。但没想到，你的笛声远远超过我的预期，连魃都深深被叶二的音色所吸引，这是我没想到的。能圆满收场真是太好了，博雅，不愧是你。”

“喂，晴明。”博雅面露羞色，“你平日里很少夸人的，突然被你这么夸赞，有些……”

“怎么了？”

“这不是让我有些不知所措嘛。”

“有什么好不知所措的，我说的都是实话。”

“不是的，我很高兴啊。不过，晴明啊……”

博雅一时有些嘴笨，像掩饰什么似的放下了酒盏，从怀中取出叶二。

他将叶二抵在唇侧，静静地吹响。

雨渐渐地、渐渐地密了。

笛声中，仍有一点萤光在低低地徘徊。

偷月人

一

从廊下抬头仰望，一轮满月当空，清辉流溢。

土御门大路，安倍晴明的宅邸，庭院中月华遍洒，宛如深海碧波荡漾。

晴明和博雅坐在檐廊上，怡然对酌。

烛台上，一灯如豆。

蜜虫候在一旁，时而见两人的杯盏空了，便斟上酒。

“晴明，你看。”博雅抿一口酒，叹道。

“什么？”晴明正举杯递至唇边，闻言看向博雅。

“你不觉得，这明月好似天上的泉源一般吗？”

“天上的泉源？”

“苍穹间一汪月色，不断涌出甘霖，让山川大地盈满光华、肆意流淌，经久不息。在我眼中，这便是一泓永不枯竭的天上泉源。”

“从古至今，月亮总能让人联想到长生不老。”

“嗯。”博雅点头。

月盈为满月，亏则为新月。阴晴圆缺周而复始，正如晴明所言，月亮自古以来便包含着长生不老的意蕴。

“在唐国也是如此。”

晴明将方才搁下的杯盏举起，饮尽杯中酒。

正当蜜虫往空杯中斟酒时，庭院的月色勾勒出一个穿着十二单衣之人的身影。

是蜜夜，晴明的式神之一。

“有客来访。”

蜜夜福身说道，话音未落，她身后之人便走上前来。

来人是位女子，一袭白衣，容姿出众，看上去在二十五岁左右。

“晴明大人，我有事相求。深夜造访多有打扰，还请见谅。”女子的语气颇为急促，“小女名叫玉露，请您帮帮我，晴明大人……”

女子衣料上的熏香，在廊上隐约可闻，似乎是麝香。

“发生什么事了？”晴明问。

尽管月明如昼，在如此深夜独自造访，想必那女子心怀不寻常之事。

“有位芦屋道满大人曾告诉我，有事可去拜访土御门大路的晴明大人，说大人定会有办法。所以我就依言冒昧前来了。”

“芦屋道满大人……”

“是。”

女子微微颔首，将事情娓娓道来。

二

玉露住在西京，和一名唤作纱庭的女子一同生活。纱庭年已半百。

玉露原先的宅邸位于二条大路东侧，府上家仆众多。家道中落后，买下西京的一块土地，盖了间草庐住下。

玉露的父亲生前有些名望，常出入宫中。他在十年前染疫过世，之后玉露家家境逐渐萧条，最终将宅邸转卖给他人，玉露和乳娘纱庭一同搬到了西京生活。

迁居地不远处，有座破庙名叫西极寺。庙里已没有和尚，但寺庙供奉的主佛，一座高三尺的十一面观音木雕佛像仍岿然伫立，不知为何没有被盗走。玉露每日清晨都会前往奉拜。

虽凭两人之力无法修缮寺庙，她们还是尽心除草、清扫落叶，时时供奉野花。因此，尽管屈尊破庙中，佛像周围还算一尘不染，这十年来始终干净整洁。

每隔三日，玉露便会前往拂拭佛身，掸去尘埃。

说来，也曾有几名男子对玉露表露爱慕之心，但都不长久。男人们另寻他欢后，也渐渐地不再送来礼物。两人靠变卖从府上带出的为数不多的配饰和衣物，勉强维持生计。

草庐旁有一小块田地可以耕种，好在玉露和纱庭都不娇气，做手工、干农活也不含糊。然而，带出来能变卖的饰物日趋减少。纱庭稍许懂得一点药草方面的知识，有时摘药草换些小钱，但终究不是长远之计，今后的生活无着落，令两人倍感不安。

此外，还要担心招来贼人入室，玉露心想，到时候与其被抢得身无分文，还不如被卖去他乡，或干脆被人杀掉省事。

就这样，到了今年三月。

有一天，玉露在寺庙中，发现一名倒地的旅人。

那天清早玉露刚步入寺庙，就看到佛像前有位男子卧倒在地。

男子已陷入昏迷，玉露用手指轻触他的额头，烫得仿佛会被灼伤。

玉露的父亲在生病期间，也曾出现相似的症状。昏昏沉沉地度过了五天，便离开了人世。

玉露叫来纱庭，两人合力将他挪至草庐，悉心照看。

三天后，男人醒了过来。问他来历，说是来自播磨国，名叫速男，年四十。

速男自称在磨针的作坊工作，在京城有位交情颇深的老客户，此次升任上野介[1]，即将离开京城，订购了一大批针。速男刚进京送完货，正是在回程的途中。

当时，速男拿着客户的酬礼回播磨，走到草庐附近时，突然感到身体不适，便歇了一会儿。碰见一个男子，速男向他讨了口水，正喝到一半时，不料男子猛地扑上前来，速男身上所带的酬金和货物被抢得所剩无几。

事发突然，速男发着高烧，身子虚弱，意识也已模糊不清。刚走到附近的寺庙中，便一头栽倒不省人事。转醒时，人已被玉露和纱庭救了回来。

然而，速男的病情并未有多大好转。

大约十天后，速男勉强能下地行走，也能起身如厕，但仍搬不了重物，也没办法长时间赶路。尽管急着回播磨禀报东家，无奈疾病缠身无法启程。京城中唯一相识的客户现已动身前往上野，眼下能依靠的只有玉露和纱庭。

家里多了张嘴，食物消耗得更快了。但毕竟日子长了有了感情，也不忍让速男流落街头。

速男身上还有一些备用的针，当时并未被夺走。靠着用这些针换来的食物，勉强供着三人的口粮，但针也剩得不多了。

山穷水尽之际，唯有寄希望于神明了。

玉露每日晨昏二度，到寺庙供上少得可怜的供品，求观音菩萨保佑速男早日康复。

当然，晚上供奉的菜肴，一夜过后并不会真的被吃掉。到次日

---

① 日本古代官职，仅次于州县长官，辅佐管理该地的行政、司法、警备等一切政务。

清晨，玉露便会将供在佛前的菜肴拿回家分食，当作是菩萨的照拂。因此，即便每日供奉，家中的食粮消耗并无增多。

三个多月前，纱庭前往东市卖针，带回了米和盛有酒的瓶子。

她和玉露都不喝酒，但想着速男喝几口酒说不定会精神些，便用针换了些回来。

“都说‘酒为百药之长’，请用。”

“真不好意思，我不会喝酒，承蒙一片心意。虽不知佛祖是否饮酒，能替我将酒供于西极寺的佛前吗？”速男说道。

“如您所愿……”

玉露便将酒连瓶一起，供在西极寺的十一面观音佛像前。

尽管不甚了解，但常听闻“御神酒”这一说法，便是指供奉给神灵的酒。玉露想，既然神灵能喝，菩萨应当也是善饮酒的。

“请保佑速男大人的病早日痊愈。”

玉露双手合十，虔诚地祈祷，直到夕阳西斜才归去。

翌日早晨，玉露来到西极寺，发现前一天傍晚供奉在佛台上的酒瓶不翼而飞了。

“啊……”

不会是菩萨将酒饮尽了吧，她想。

这么一看，观音菩萨的面颊还真微微染上了红晕……

就在这时——

“哎呀，多谢好酒！”有人开口道。

玉露顿时退了半步，凝神盯着菩萨的面容。

除了菩萨，玉露一时想不到还有谁在说话。况且，这声音确实是从菩萨的方向传来。

可是听那声音，感觉和菩萨不大相符，更像是一位上了年纪的男人——老人的声音。

菩萨怎么会是这样的声音呢？

“不是佛祖，老朽是人……”

随着声音望去，观音菩萨所在的坛座后，一道人影踱步走了出来。

那是位白发苍苍，不修边幅的老者。他满头蓬发，只在脑后结着一个发髻。一身邋遢的黑色水干打扮，脸上沟壑纵横。

老者立定，一双黄色的眼眸直勾勾地看着玉露。

他右手拎着酒瓶，正是玉露前一天供奉给菩萨的那瓶酒。

“这酒，多谢了……”老者说，“全喝光了。”

他将酒瓶掉个头儿，一滴酒也没倒出，当真是点滴不剩。

“您、您是……”

“在下芦屋道满。”

老者俯下身，将酒瓶哐当一声放在地上。

“说来惭愧，老朽无家可归，便打算在这庙里凑合一宿。昨日卧躺于佛像背后，正碰上你进来放下酒，我便不客气了。”

分明是个来历不明的老者，谈吐和眉眼间却暗藏着一种说不清道不明的魅力。

“是有什么心事吗？”

“您、您在说什么……”

“家中是有病人吧。昨日你放下酒时，不是在求菩萨保佑吗？”

“是，是的……”

“既然把菩萨的酒给喝了，那就由我来帮你吧。”

“帮我……您有办法治好速男大人的病吗？”

“哦，原来那位病人叫速男……”

“是的。”

“你带路吧，虽不能保证治好他，但我想多少还是能帮上点忙的。”老人——道满说道。

“那，那请随我来。”

玉露应声将道满领至草庐。

道满步入草庐，走向横卧于床的速男。“别动，就这样躺好。”

说着，他将掌心贴在速男的额头、胸口以及腹侧探温。

“他这种情况，已经持续了近四个月吗？”

“是的。”纱庭在一旁点头。

“嗯、嗯，原来如此……”

道满微微颔首，坐正说道：“治倒是可以治，只是恐怕不会那么顺利……”

“能治好吗？”玉露问。

“嗯，只不过……”

“请大人如实相告。”

“这病啊，不能用寻常的方子治。而且这过程中，说不定会有诸多坎坷，万一老朽那时不在近旁……”

“那该如何是好？”

“这样，我把治病之法教给你。之后如果碰到什么麻烦，就去土御门大路吧。”

“土御门大路？”

“嗯，去找住在那儿的一个叫安倍晴明的男人，报上老朽的名字就行。”

“那我现在需要做什么？”

“喏……”道满将右手伸进怀中，掏出一物，“这个给你。”

“这是？”

“素陶杯。”

展示在众人眼前的，是一个杯盏。

“此乃老朽饮酒时的盛酒之器，从不离身。可以说已成为我身体的一部分了。就把此杯赠予你们吧。”

“烦请告知该如何使用……”

“须在满月之夜，用此杯承接月光。”

“承接月光？”

“是，且要连续三个月不间断。一旦中途失败一次，就得从头再来三个月……”

“也就是说，若在满月之日，遇上浮云蔽月，看不到月亮……”

“那你就得重新来过。”道满沉声道，“地点就定在神泉苑吧。”

随后，道满将方法道来。

“每逢十五满月，用这素陶杯盛满月光，喂速男饮下。如此这般，坚持三个月，或许……”道满微微侧头，欲言又止。

“如此，速男大人的病就能痊愈？”

“嗯……也不知这对你们是好，还是坏啊。唉，罢了……”

道满叹了口气，兀自离去。

道满口中的承接月光之法，具体如下。

在一个满月的夜晚，待明月升上中天之际，拿着素陶杯走进神泉苑。望着水中月影，从右侧绕着池塘走动。

此时，草木上应已凝有夜露，每一颗夜露都映着月华。一边走，一边用素陶杯去接这些满盈着月色的露水。

采集一千颗左右，就够素陶杯内盛满月光之露了。道满当时说道。

此法的关键在于，首先，一定要在露水中映有月光时将其接下。其次，须绕着池塘接满一千颗夜露。

依照此法，以这素陶杯的灵力，无论从哪个方向看，采集的夜露上都将保有月华。

最后，带回家让速男饮下即可，切记不要中途洒出。

道满离去前，如是说道。

于是，在第一个满月降临之夜，玉露依道满所言承接月光。果不其然，素陶杯盛满夜露后，水面始终映有满月。

速男饮下后，稍许精神了些。

本就可以下床如厕，饮下月露后，恢复到能下地半日左右，不用终日卧在病榻上了。

饮下第二杯月露后，速男更加精神起来，在草庐周边散步一小会儿也没问题。

就这样到了第二个满月之夜——今夜。

玉露出发时，见夜空晴朗，月色正好。

走进神泉苑，池面月明如镜。

女郎花。

露草。

桔梗的花蕾还未探头。

几千、几万颗夜露缀在叶端，映着月色。

玉露正欲采集之际，忽有云雾出现在天际，涌向明月。

一颗、两颗、十颗……还未满百颗，月亮躲到云后隐去了身姿，地面的夜露也不再闪烁月光。

抬头望不见明月，四周陷入一片漆黑。

玉露静静等待着。然而，月亮迟迟不现身。

无奈玉露只能放弃，她刚走出神泉苑，忽而云开见月明。

玉露见状再次返回，不料云雾也去而复返，又遮住了月光。

如此往复了三次后，玉露也不免心生疑虑。她想起道满曾说过，如有蹊跷可去土御门大路寻求帮助。

“因此，我才在这深夜冒昧拜访大人，唐突之处，还望谅解。”

玉露躬身说道。

三

“原来如此。”

听罢玉露所言，晴明若有所思地点点头。

“一入神泉苑，月亮便隐于云后，一离开就晴朗无云，确实奇怪。”

“是。”玉露立于庭中，颔首作答。

此时，一旁的博雅开口道：“晴明，方才我俩在院中对酌之时，月亮一次也没有被云遮蔽过。这么说，难道只有神泉苑的上空变成了阴天？”

“正如你所说。此番情况不像自然现象，看来是有咒术干预。”

“嗯……”

“若是自然界的斗转星移，松风云影，我也无计可施。但若是咒，倒还可以想办法试试。何况……”

“何况？”

“何况是道满大人交付的事情，怎好拒绝。”

“也是。”

“那么，这就走吧。”

“走？去哪儿？”

“自然是和玉露小姐一起去神泉苑呀。错过今夜，不是又要等三个月了？我去看一看，说不定能帮上点什么……”

“嗯。”

“而且我也想知道，道满大人到底在打什么主意。”

“好。”

“那……走吧。”

“走。”

“走。”

事情就这么定下来了。

四

晴明、博雅和玉露三人步入神泉苑。

月过中天，斜斜挂在西梢，照得夜空清澈透亮。

池中睡莲半拢着花瓣，静静地沐浴在月色下。

眼前的景色美得令人叹息。

水面徜徉着一轮圆月。

几点萤火虫在暗处飞舞。蛙鸣此起彼伏，声声入耳。

露草、钓船草、狗尾草……挂在草尖的露水晶莹欲滴。

“不太对……”

博雅在池边停下脚步，喃喃道。

此时，周遭的蛙鸣声一只、两只地减少了，渐渐归于寂静。

博雅抬头望向天际，不禁“啊”地惊讶出声。

明明前一刻还是晴空万里、明月高悬，眨眼间就开始转阴了。

一大团乌云正黑漆漆地压过来，挡住了月光。天色倏地暗了下来。

“果真如此，我们一走进神泉苑，月亮就变得黯淡无光。”博雅说。

嘭的一声，火苗跃起。

只见晴明左手夹着用纸折成的人偶。

纸人偶燃烧起来。晴明把点燃的人偶举高照向池塘。

“你们看。”

博雅和玉露顺着光亮望去。

“这是……”

“哎呀！”

两人几乎同时发出惊呼声。

数不清的蟾蜍将头露出池面，张口对着天上的月亮。

定睛一看，每只蟾蜍的口中冒出青黑色的烟雾。

那云烟更近似于瘴气，从蟾蜍的口中升向天际。正是这些瘴气凝结成乌云，遮挡了月光。

“原来如此，是这么回事啊。”

晴明松开手指，人偶悬在空中继续燃烧着。照理说差不多要燃尽了，可这人偶看着还剩一大半。

晴明又从怀中取出一片纸，双指一捻，裁成鸟的形状。

他将那纸偶掷向半空，纸偶化作白鹭凌空展翅，停在池面上。

又取出几片纸，裁成鸟形投向空中，瞬间幻化成好几只白鹭立于池中。

成群的白鹭用长喙啄向池面，没一会儿工夫，蟾蜍消失无踪。不再有瘴气升腾，天上的云雾渐渐散开。

没过多久，一轮满月跃出云端。

“呼……”

“太好了……”

博雅和玉露同时叹道。

“好了，请安心采集月露吧。”晴明说道。

玉露从怀中取出素陶杯，逐一接起泛起月光的夜露。

或许是太过急切，尚未采集多少，她脱手将素陶杯摔落，好巧不巧砸在石头上，碎了一地。

“啊呀，这可怎么办？”

玉露秀眉紧蹙，求救般地望向晴明。

“无妨，我可以给你一个替代品，虽然比不上道满大人的素陶杯，但也够暂时一用了。”

说着，晴明走近池边，望向亭亭立于池中的荷叶。

“也用不着太大的。”环视了一圈后，他伸手折下近旁高擎的一盏荷叶，“这荷叶上已经攒了不少月光，我想很快就能集满了。”

晴明左手托着荷叶，右手伸到月下作势一捞，像是在空中掬起了一捧月华，再轻洒到荷叶表面。

接着，吟了一小段咒。

“这样，应该能替代道满大人的素陶杯了。”

晴明将荷叶递给玉露。

玉露托着荷叶继续采集月露。

“这么多足够了。”玉露说。

“那么，就剩最后一步了。”

晴明说完，在睡莲合拢的花瓣上轻轻取下一瓣，再将那花瓣盖在盛满夜露的荷叶上，吟了一小段咒。

“好了，我们走吧。”晴明说。

“去哪儿？”玉露一脸惊讶地看着晴明。

“回草庐。顺道也和西极寺的观音菩萨打个招呼。”晴明答道。

“晴明啊，天色已晚，我们自然是要送玉露小姐回去，但为何还要赶去西极寺呢？”博雅问。

“有些事情尚有疑惑，想去西极寺确认一下。博雅，你去了自然就知道了。”

晴明说着，像是在催促玉露般，迈开步子向前走去。

五

回草庐途经西极寺。

三人步入正殿，晴明和方才一样，在指间搓亮了火光。

借着光亮，晴明凑近那尊十一面观音佛像，端详了一阵。

“行了，回草庐吧。”晴明收回视线。

寺中，玉露一直小心翼翼地捧着盛满月露的荷叶，不让露水洒落。博雅则站在她身旁，以防她摔倒，拿不稳荷叶。

此时，他们一同来到寺外。

玉露的草庐就在西极寺的西边。

玉露走在前头，打开柴扉，走到屋里。草庐内点着灯。

“玉露小姐……”看到玉露进屋，纱庭一下子起身跑上前，“您可把我担心坏了。”

此时，纱庭看到了站在玉露身后的晴明和博雅。

“这两位是……”

“是安倍晴明大人和源博雅大人。”

玉露简要说明了今夜之事。

“原来是这样。”纱庭说，算着到点了，却仍不见玉露回家，所以自己一直在门口等着。

见有客到访，速男也从床上起身，坐在晴明和博雅面前。

“玉露小姐，想必你有很多话想说。不过眼下，还是先让速男大人饮下月露吧。”

听晴明这么说，玉露赶忙捧着荷叶走上前来。

“请用。”玉露跪坐于速男面前，奉上荷叶。

“稍等。”

晴明开口道，倾身挪至玉露身侧，伸出右手的食指和拇指，取下覆在水面的睡莲花瓣。

“这真是……”

“啊呀……”

博雅和纱庭不约而同地发出惊叹声。这也无可厚非。

掀开睡莲花瓣后，只见一个浑圆剔透的水结晶静静置于荷叶上，其间凝结着约有满满一杯水露。

透明的水球封裹着一轮皓月，澄亮圆满。

“这可真是……”速男情不自禁地叹道，“何等美丽啊……”

檐下一盏烛灯，火光影影绰绰，更衬得那水球如宝石般璀璨。

水球在屋内，敛藏其间的明月，自然不是那天上之月的倒影。

“何必为了区区在下，做到这种程度呢……”

速男红了眼眶，几欲落泪。

“来，请吧。”玉露颤声道。速男伸手正欲接过。

“啊！”传来一声短促的惊呼。

玉露正要递出之际，荷叶突然侧倾，水珠成串地从叶上滚落。

玉露急忙张开手掌去接，却已晚了。

水珠滑过她的指尖，啪嗒一声，沾湿了地面。

“啊啊，这可如何是好……”

玉露伏地痛哭。晴明注视着她这副模样，眼神中透着哀伤。

“姑娘不必如此悲伤。就算没有道满大人的月露药方，还是有办法让速男大人恢复的。”晴明宽慰道。

“当真？”玉露闻言抬起头来。

“当真。”

“是什么办法呢？”

“在此之前，想先请教姑娘一个问题。”

“请讲。”

“方才在西极寺，我在观察那尊观音菩萨时，从佛像上闻到了淡淡的麝香。姑娘的身上也带着麝香，敢问这是为何？”晴明问道。

“这并非什么稀奇事。”玉露解释道，“每隔三天，我都会去寺中为观音菩萨拂尘，用的便是随身携带的香囊。想必是那时留下了香囊的气味吧。”

“香囊？”

“是的，里面装着麝香。”

“这香囊从不离身？”

“是的，在这里……”玉露从怀中取出香囊给晴明看。

“原来如此，这样我就明白了。”

“明白了什么？”

“什么都明白了。”

“这是何意？”

听玉露这么问，晴明微微蹙眉，稍显哀切的神色又浮上眼眸。

“我是否该当众将一切都说出来？”晴明斟酌着开口。

“请讲。”

“或许对各位来说，还是不知道事情原委更好……”

“大人无须顾虑，请说吧。”

晴明沉默了半晌，深深地看了一眼玉露，然后是纱庭，视线最后停留在速男的脸上。

“还请告知。”速男也开口催促道。

“请。”纱庭附和。

“晴明啊，话都说到这份上了，大家也都等着听呢，我不明白你还在顾虑些什么。到底想说什么呀？不如就说给大家听听吧。”博雅也在一旁说道。

“好吧。”晴明像是终于下定了决心，“那我就如实相告了。”

晴明抬起头，正色道：“首先，速男大人的病其实早就痊愈了。”

“什么？”博雅脱口而出，“晴明，你真是语出惊人……”

“博雅，速男大人的病确实是早就痊愈了，只不过表面上看着还很虚弱……”

“这是为何，难道说……”

博雅没说完，就被晴明打断了：“博雅，是有人故意让他病着。”

“为何？”

“方才，我和速男大人交谈时，闻到他吐息中有巴旦杏的气味。”

巴旦杏闻起来有一股李子的清香。

“但细细分辨，和巴旦杏的气味又有些不同。其实是不归百合的根茎所散发的气味。”

“不归百合？”

“开的花很像百合，但不是百合，是莨菪[1]的一种。若将不归百

① 草本植物，根入药可治跌打损伤等，但有剧毒，误服会引起中毒，后果严重。

合的根晒干熬成汤药，人服下后会双腿乏力，无法行走……”

“什、什……”

“由此可见，是有人让速男大人饮下了这种药……”

“这人……在我们之中？”

“是的。”

“那……那是……”

正当博雅惊疑不定地询问时，一道女声开口了。

“是我。”纱庭说完，“哇”的一声痛哭起来。

“这、这到底是怎么回事？”

“是对速男大人用情已深了吧。”晴明温和地问道。

“是、是的……”纱庭用衣袖轻拭眼角，点了点头，“照顾速男大人的这段时间里，我不知不觉喜欢上了他。但一想到速男大人痊愈了，能下地行走后，就得离开回播磨去了……”

“嗯，所以你在速男大人的病将好之际，让他喝下了不归百合的根……”

相传在深山中，旅人若是将此物当作百合根误食，便会失去脚力，无法归家。不归百合由此得名。

随后，晴明看向玉露，说：“玉露小姐，你也是这么想的吧。”

“我、我也……”

“是的。或许你自己并未察觉，其实内心深处也已对速男大人萌生了依恋之情，不希望他离开……”

“不，我怎么可能……”

“正因如此，今夜，你才会将神泉苑上空的月亮藏了起来。”

“但，这不是……”

“还摔碎了素陶杯。”

“那，那是因为……”

“回草庐的一路上，博雅时刻在身边守着，你没机会洒落夜露，直到将荷叶递给速男大人时——也就是刚才，你将夜露洒落了。”

“这些都并非我有意的……”

“当然不是你故意为之，只是你无意中受到了内心的驱使。之前有多名男子离你而去，这让你倍感不安，愈发不想放走这好不容易遇上的缘分，不想让速男大人离开。”

“可我怎么可能操控那些蟾蜍……”

“不是你操控的，但确实是因为你心生此念，神泉苑的蟾蜍才会口吐瘴气。方才你给我看的那个香囊，你每三天用它拂拭佛身，就是它顺了你的心愿。”

“原来是这样……不瞒您说，我确实是在这段相处的时日里，对速男大人心生爱慕。但不曾想到，自己竟不自觉地做了那些事……”

“想必是那香囊感知到了你的内心想法。为菩萨拂尘的日子久了，香囊便也沾上了灵气。先前我闻到麝香时，想通了这点。”

“这么说来，道满大人他……”

“他来到此地时，怕是已明白了一切。只是不忍看到如今这样的局面，才说出我的名字吧。”

晴明言尽之时，玉露已然泣不成声。

六

三日后的夜晚。

檐廊上，晴明和博雅饮着酒，不时抬头仰望，看着天上的明月逐渐变成弯钩模样。

“也不知玉露小姐和纱庭小姐，之后怎么样了……”

博雅深深叹了口气。

“是呀，这之后的事情，就不是我等能插手的了……”

“嗯。”博雅将杯中酒饮尽。

今夜，博雅饮得要比往日急些。

正当蜜虫往空盏中斟酒时，庭中传来一声招呼。

“晴明，在否？”

放眼望去，月华如水，一位老者立于庭草深处，衣衫染青，月露沾襟。

正是芦屋道满。

“道满大人，有失远迎。我也想着您应该现身了。”晴明说道。

“哼。”道满鼻翼翕动，走上前来，在檐廊上落座。

“添个酒盏吧。”晴明吩咐道。

蜜虫应下，从怀中取出酒盏递给道满，斟上酒。

道满仰头，喉结滚动，将酒一饮而尽，口中咂咂有声。

“干得不错。”道满说道。

“道满大人最初就察觉到了吧？”晴明问。

“算是吧。”

“您还真是给我出了个难题……”

“对不住了。老朽当时就预感会出问题。但把人家的酒都给喝了，总不能甩手走人吧。吃人嘴软嘛，不得已就报上了你的名号了……”

“说到酒，道满大人您在我这儿喝得还少吗？”

“傻小子。”道满笑称，“晴明啊，你我又非外人，提谢字多伤感情啊，咱们……”

“您刚才说，不是外人？”晴明揶揄道。

“我可不会说第二遍。”道满有些羞赧，端起酒盏让蜜虫斟酒。

“人呀，真是难以捉摸……”博雅叹道。

“嗯。”道满点头。

“话说回来，不管此事结局如何，眼下倒有一事值得庆贺。”

“何事？”

“我们得以相聚在此，举杯畅饮，共度良宵。”博雅慨叹。

“博雅，笛子……”晴明开口了。

“好。”

博雅点点头，放下酒盏，从怀中取出叶二。

他将唇抵在笛上，于无声处吹响。

柔和的音丝潺潺流淌，乘着月光飘向远方。

晴明望着那仿若有形的笛音，含一口酒中月入喉，唇齿留香。

木樨月

一

夜色中，木樨花暗香浮动。

带着丝丝甘甜，好似悲伤被抚平后的余韵，乘风自暗处起。

天黑云深，不知那花枝隐于何方。寻不见，反倒更让人心生悸动。

“真是香气扑鼻啊，晴明。”

博雅单手持杯盏，油然感叹。

“仿佛是那远去之人，将难舍之情寄在风中捎了回来……”

土御门大路，安倍晴明的宅邸。

檐廊上，博雅、晴明、蝉丸法师三人正坐着饮酒。

灯台上一烛茕茕，三人从傍晚时分开始举杯共饮，不知不觉已至深更。

“今晚的月亮尤为明亮圆满，我略备薄酒，咱们月下小酌几杯，如何？”

不久前，蜜虫将晴明的请帖送至博雅府上。

当时，博雅正向蝉丸请教琵琶奏法，蝉丸闻言道：“不如我也同去吧。”于是和博雅一起前往晴明处，三人酣饮起来。

蜜虫候在一旁，见杯盏空了，便上前斟酒。

临近傍晚时分还是晴空万里，暮色四合之际，上空竟涌现几层云彩，在月亮升起前布满了天空。

正值木樨花飘香的季节，赏不了月，三人闲来聊起了木樨花，边喝酒，边等着月亮探出头来。

夏日已尽，秋还未至。木樨花正是开在这季节更替之时。

庭院中有秋虫在鸣唱。

“这天上，有月的气息。”说话的是蝉丸，“听你们说月亮被云挡住了，寻不见踪影。其实在那浮云深处，还是能感觉到月亮的气息。”

蝉丸是盲人。

盲人不可视物，凭耳闻、鼻嗅、手触以及感知来感受万物的气息。此刻，他感知到了月亮的存在。

“这么说来，木樨花飘香亦是如此。浮云蔽月，仍会传来月的气息；木樨花藏身于黑夜里，我们看不见，却能闻到芬芳……”

今夜的博雅，话比往常多些。

他是惦记着叶二，出门前就揣在了怀里。

蝉丸就坐在身侧，博雅满心期待着能同这位盲人琵琶法师合奏一曲。心神激荡间，话也不免多了起来。

“博雅。”晴明端起蜜虫斟满的酒盏，将目光投向博雅，“吹一曲吧……”

博雅的心思似乎被看穿了。

“唔，好！”

博雅赶忙放下酒盏，从怀中取出叶二。

“想听什么？”

“随心所至便是。”

“好。”

博雅捧起叶二，抵在唇侧，轻轻吹响。

笛音流溢而出。最初的旋律稍显急促，像是急着降临到这个世间一般，但很快就被夜色温柔地围拢。

笛音潜入木樨花那甘饴又带着些许哀愁的香气中，在晴明的庭院中吟唱着秋日的初始。

博雅微闭双目，吹奏着叶二。

晴明也垂下眼帘聆听着，手中的杯盏停在了半空。

“月亮出来了……”蝉丸开口道。

晴明和博雅睁开眼睛，无垠的深蓝中，浮云散去，一轮满月高悬。

啊……两人内心由衷地感叹。

举头望去，月似白玉盘，镶嵌在夜空上，显得格外皎洁。

不知是不是博雅的笛声穿透了云霄，拨开云层，才得以见到月满无瑕。

晴明看向蝉丸，眼神仿佛在问：你是如何知道的？

“月光在轻抚我的脸颊……”蝉丸答道。

从檐下照进来的月光，恰好落在蝉丸的面庞上。

蝉丸抬头朝向月亮所在，仿佛看得见一般。

博雅注视着蝉丸，目光中带着邀请。

“那，我也来弹一曲助兴吧。”

似乎是听出了笛声中的念想，蝉丸拿过倚在一旁的琵琶，枕于膝上，拨动拨子。

叮咚……

琵琶一声鸣响。

见对方已蓄势待发，博雅的笛音也起了变化，化作了千风。

此刻的笛音化作风自在地吹拂着，带着丝丝邀意，等待着蝉丸接受这风中的盛情。

“我就弹一曲《升月》吧……”

蝉丸再度拨动琴弦。

缥无——

弦声响起。

此曲是从大唐渡海而来的秘曲，和《流泉》《啄木》齐名。

风清月皎，琵琶声悠扬婉转，同博雅的笛声和鸣酬唱。

那笛音已然和木樨花的香气融为一体，而今又同琵琶声密密交织，在月光下泛起涟漪。

宛如迎着当空的明月溯流而上，琵琶声和笛声一同向着天际升腾。

“真是美妙极了……”

晴明陶醉般地阖上眼眸。

一曲《升月》终了，下一曲又随兴而起，曲毕又迎下一曲……琴音绕梁，直至飘散消融于天际，才曲终收拨。

四周复归宁静后，方才的旋律仍在众人心中回荡不息。

万籁俱寂之时，传来“咚”的一声。

一个闪着光的东西，从月光中掉落，咕噜咕噜滚了几圈，咚的一声停在庭院的土坡上。

“咦？”

蝉丸法师声音中透着疑惑。

晴明和博雅望向那发出响动之处。

“蜜虫。”晴明唤道。

蜜虫闻言走到庭院中。她弯腰拾起那从天而降之物，颇为吃力地将它搬到檐廊上。

“是一把斧。”

蜜虫将斧子呈于烛光下，福身道。

“斧？”博雅露出惊讶的神色。

“竟是斧？”蝉丸说道。

“确实是斧……”晴明从蜜虫手中接过斧头。

那斧头很重，而且十分古旧。

斧柄上可见黑亮的油迹，那是因长年使用而留下的油脂。且那油亮处已凹陷成手指的形状，可想而知曾用了多大的力气。

斧柄看上去是橡木制成的。

“瞧这制法和形状，不像是此地的……”晴明嘀咕道。

“不会是天界的吧……”博雅话还没说完，只听晴明又自顾自补了句：“应该是唐国的。”

“你怎么看出来的？”

“这儿刻着名字。”

“哐当”一声，斧头被平放在廊上，晴明指向斧柄末端。

确实刻有一个“吴”字。

“还真是。”

可是，这天上怎么会掉下斧头呢？莫非是有人从墙外扔进来的？

也不对，在座的几人都有目共睹，这斧头是从高空径直坠下的。若是越墙掷入，应该呈弧线落下才对。

“这斧头到底是怎么掉到这儿的呢……”博雅暗自琢磨。

“打扰了！”庭中有人喊道。

放眼望去，一名男子站在月光下，正朝此处张望。

只见他头绾唐式发髻，一条臂膀袒露在衣服外面，是个孔武有力的大个子。

“那是我的斧子，能否归还于我？”

听明来意，晴明反问道：“您说这是您的斧子，敢问阁下可是吴刚大人？”

“正是，在下吴刚。你怎会知我名字？”

“此斧上刻有‘吴’字。今夜是一年中月亮最靠近此地的时刻，从月亮上落下一把斧，其上还刻着姓氏‘吴’，除了您吴刚大人，我也想不出第二位了。”晴明说。

“晴明啊，你怎么知道这斧子是从月亮上面掉落的？”博雅问。

晴明不答，而是开口吟了一阕和歌。

目光所向处，手触不可及。

汝如月中桂，浮影惹人心。

“这，这是……”

“是《万叶集》中的歌。”

诗文大意为：明明就在眼前，却无法触及，你就如同那月中桂影，教我如何不想念？

“博雅啊，这位吴刚大人，是在月亮上持斧斫桂的仙人。”晴明说道。

“唔，这么看来，你对我之事应当有所耳闻吧。”

“是的。”

“那真是久远之事了……”

“多部古书中记载，吴刚伐桂，砍的并不是月桂，而是木樨树，确实如此吗？”

“咳，是这样没错。”

男子憨笑着，伸出粗壮的手指挠挠头。

二

吴刚原是山中樵夫。

他和妻子两人隐居山林，以伐木为生。

吴刚此人生性懒散，总想着如果不用劳作，还能长生不老，这该是何等美事啊。

某日他灵光一现。对了，修习仙术后不就能过神仙的日子了？

修炼成仙后，便能获得长生不老之身。而且不用干活来维持生计，只需汲取天地精华便可。

“我出趟门。”

找得道之人拜师，修得仙术，成为仙人后再回来。

留给妻子这只言片语，吴刚便离家踏上了修仙之路。

一路上，吴刚也遇上几名良师，想要拜师修炼，可他没料到修行之路是如此艰辛。

要么须戒断谷粮，要么在水中打坐，要么到深山里不吃不喝苦修。吴刚觉得太苦，就逃出来另拜他门。到头来，师父换了一个又一个，他在哪儿都没坚持下来。

修道成仙已是无望，思乡之情日渐浓厚。一去经年，尝够了在外漂泊的滋味，他决定回到妻子身边。

而妻子这边，久候夫君不归，多年来又是音信全无，不禁想，吴刚是否死在了他乡，或是早把自己忘了。日子长了，她和一位叫伯陵的男子走到了一起，还生了三个孩子。

那日，吴刚走到家门口，看到孩子们在院中嬉戏，大吃一惊。

事情的发展出乎他的意料。

跋山涉水刚抵家，就看到三个不知哪儿来的孩童在自家院中玩耍，一旁还有个陌生男子在砍柴。

而自己的妻子坐在廊下，一脸幸福地织着布。

“这是怎么回事？”吴刚质问妻子。

妻子也被他的到来吓到了。

“我以为你死了，所以和别人再婚了，孩子也这么大了。”妻子解释道。

“你怎敢如此薄情，我可是时刻惦记着你……”

吴刚怒不可遏，一把抄起手边的木棍。

“夺妻之恨，不共戴天。”他叫嚷着冲向伯陵。

“别这样。”

不顾妻子的劝阻，吴刚追上慌忙逃窜的伯陵，举起木棍对着他的脑袋一顿猛打，伯陵被打得头破血流，倒地身亡。

此事惊动了左邻右舍，引得议论纷纷。

“吴刚真是个莽汉，这般把妻子丢在家里不管不顾，妻子另寻他人组建家庭，不是理所应当吗？”

有指责吴刚所为的，也有人替他鸣不平。

“就算一直没回家，也从没传来过他的死讯，妻子怎可如此轻易变心，错在其妻。”

最终，这场骚动传到了天界的炎帝耳中。

那死去的伯陵是炎帝的后裔，炎帝不会坐视不理。

然而，他的妻子也并非完全无辜。

因此，炎帝便遂了吴刚的心愿，升他为仙。作为条件，令他留在月宫，砍倒那棵高五百丈的木樨树。

吴刚便开始持斧伐树。可不曾料到，那并非寻常之树。那木樨是神木，吴刚每砍一下，刚抬起斧子，树上的创口就会立刻愈合。

吴刚只得留在月亮上，日复一日地砍着木樨。

位列仙班，获得长生不老之身后，等待他的却是漫无止境的斫桂生涯。

三

“这便是吴刚大人的故事……”

晴明跟博雅大致讲了讲唐国古籍中所记述之事。

“晴明，这些你早就知道了？”

“身为天文博士，有关月亮的事，多少还是有些了解的。”晴明云淡风轻道。

“你说得不错。我就这样在月亮上砍了四千年的树，奈何那树顽固得很，怎么砍也砍不倒……”吴刚说。

“吴刚大人，您的斧子为何会掉落于此呢？”

“哦，是这样……”

吴刚说，他在月上伐桂之时，忽而有笛子同琵琶的和鸣声，伴着一阵香气传来。

那香气有别于月亮上的木樨，是人世间的木樨花香。

“啊……”

他恍然想起，今夜是月亮最靠近大地之夜。所以人间的音符和香气，才能传到月亮上吧。

这真是无比美妙的音乐，那吹笛之人和弹奏琵琶之人定是当世无双的名手，才得以让乐声溶在木樨花香中，与月上木樨遥相呼应，被引到这碧霄之上。

“我沉醉其间，不知不觉放缓了力气，挥伐之际不慎将斧子脱手掉落……”

可毕竟是凝聚神力之斧，它势不可挡地冲破云层，落至凡间。

“或许是此地奏响的音乐令我心向往之，此斧通我的心意，就循着笛子和琵琶的乐声落在了这里。”吴刚感慨万分。

“唉，又做了件蠢事……”说着说着，他显得有些落寞。

“不过，若还能出现这样的插曲，那下一个四千年倒还有些值得期待。人生本就是无限的循环，这千年来我也渐渐想通了，我所做之事，和这世上芸芸众生所做之事，其实没什么差别……”

吴刚像是自言自语一般，生出无限感慨来。

“不如共饮一杯吧？”

承晴明相邀，吴刚取过杯盏，将蜜虫斟的酒一饮而尽。

“好酒。”他露出心满意足的笑容，擦了擦嘴，归还酒盏，接着从晴明手中接过斧子。

“那我就告辞，回月亮上去了。”吴刚看着晴明，低声道，“最后还有一事相求。”

“请讲。”

“说来惭愧，我虽是神仙，其实并无多大法力。能从月亮降至地面，却无法凭一己之力返回月宫。能否请两位再演奏一次笛和琵琶，助我一臂之力。有乐声为依托，我便能返回。”吴刚说道。

“荣幸之至。”

“乐意效劳。”

博雅、蝉丸颔首。

蝉丸拨响琴弦，是方才的那曲《升月》。

博雅也捧起横笛，两种音色相得益彰。

“唔……”吴刚微微闭上双眼。

“再会。”

他步入月光下，身体渐渐悬空。

月华洒落处宛如有段无形的阶梯，吴刚一步一步走向夜空。

他的身影渐渐化作月色中的点点光芒，最终消失在天际。

皓月千里，博雅的笛音和蝉丸的琵琶声，仍在这天地间回响。

水化妆

一

古时，有位画师名唤百济川成。

他的画技，可谓举世无双。

某天，他在某府和室的隔扇上绘了一幅画。

自翌日起，养在那府上池中的鲤鱼一天天减少。

府宅的主人百思不得其解，让家仆守在池边。到了日落时分，只见一只白鹭凭空飞来，叼走了池中的鲤鱼。

这白鹭究竟是从何方飞来的？

调查一番后，真相令府宅主人惊诧不已。当日，川成在隔扇上所绘的画中有一只白鹭，竟是那只白鹭从纸上显了形，每日捕食池中的鲤鱼。

某个秋日，庭院中的柿子树硕果累累，川成闲来随手摘了一个柿子，落墨成画。

一作绘成，他对弟子说，尝尝这个柿子。

弟子取过那用完的柿子食之，入口竟不觉一丝甜味，觉得不可思议，再伸舌去舔那画中的柿子，顿感甘甜沁口。

大觉寺泷殿的壁画，也出自川成之手。

川成不仅擅长作画，还精通庭院布景。大觉寺泷殿的庭湖石，正是百济川成和巨势金冈[①]两位名家所立。

一次，川成的侍童不见了。多方寻找，始终没有下落。

为增加人手，便雇了某位身份显赫的大人府上仆役一同寻找。

府役回禀称："我等并未见过他的相貌，光凭口头描述，搜寻起来很困难。"

"言之有理。"

川成当场取来笔，刷刷几笔，侍童的肖像画一挥而就。他将画像铺在府役们眼前。

"遵命。"府役们颔首，随即散至城内各处寻找。

"找到了。"

不过片刻，一名府役就将那侍童带了回来，是在东市找见的。

取出画像对照，侍童的相貌和川成所绘，可以说是分毫不差。

当时，京城里还有一位人称飞驒工的工匠。

迁都时，平安宫内的朝堂院、丰乐院等建筑群，都是由他负责。当年人们皆称，飞驒工的手艺精湛，就算大唐和天竺国加起来，也无人能出其右。

百济川成和飞驒工交情甚深，平日里时常一同饮酒，谈笑风生。两人都对对方的技艺颇为赏识。

某日，飞驒工遣人给川成捎去一封请帖：敝府新建了一所四方佛堂，诚邀莅临，为家壁作画增辉。

川成来到飞驒工府上一看，庭中果然有座形状奇特的佛堂。

"请入内，不必拘束。"

川成闻言登上前廊，正想从南门进去，不料原本大敞的门，啪

① 日本平安时代初期的著名画家和造园家。

嗒一声闭上了。

待他绕到西门想从那儿进去时，西门也啪嗒一声闭上了，与此同时南门又开了。

见状，川成也较上劲儿了，转而向北门走去，老样子，北门关上后西门又开了。

就这样，川成在一开一关的几扇门间兜兜转转，最终也没能走进去。

“哎呀，实在有趣。”飞驒工看得直乐。

时隔数日，这回飞驒工收到了川成的请帖。

帖上写着：想给你看样东西，烦请到舍下一行。

飞驒工心知肚明，这是川成想捉弄自己一雪前耻，奈何实在不好推辞。

同时，他也很好奇川成会搞出什么名堂。

“我可不会被骗到，一定不会被骗到。”飞驒工为自己打气，出发前往川成府上。

来到川成府宅的大门前，通报后，有人出来传话说：“请随我来。”将飞驒工请进门，领至位于廊下的一处障子门前。

“就在此处。”家仆说道。

“打扰了。”

飞驒工推开障子门，只见那里躺着一具尸体。尸身已肿胀发黑、溃烂不堪，头发脱落、眼球溶蚀，牙齿裸露在外。

飞驒工顿感一股腥臭之气扑面而来。

“啊呀呀！”他被吓得跳了起来，大叫着往后退。紧接着，房内传来一阵笑声。

定睛一看，那死尸原来是画在隔扇上的一幅画，而隔扇摆放的位置正对着障子门。自然，这画是川成的杰作。

川成从门后探出头来，看着飞驒工笑得乐不可支。

两位当代大师的此番智斗切磋，在民间广为流传。

“不愧是百济川成！”

“不愧是飞騨工！”

当时，人们津津乐道二人的故事，不时交口称赞。

二

鸭川的河滩边，有一位女子在哭泣。

潺潺的流水声中，夹杂着草野里秋虫的低鸣。

月亮出来了。上弦月宛如弯弯的小船。

女子在月下哭泣。

浅滩上，大小不一的石子儿和岩石林立，形成天然的缓冲带，纵使水流湍急，女子脚边的水面也波平如镜，漆黑澄澈。

女子嘤嘤的啜泣声，时不时会被周围的虫鸣压过，微不可闻。

那是比唧唧的虫音更微弱的呜咽，断断续续，嘶哑凄恻。

仿佛强忍着的感情已在她心中泛滥成灾，无法抑制地夺喉而出，化作孱弱的抽噎。

不知她在为何事而伤悲，或是忍受着何种苦楚。女子就这样蹲在鸭川的浅滩上捂着脸啼哭，泪水从她苍白的指缝间不断地淌下。

她猛地抬起头来。

迎着月光看去，那张泪水盈盈的脸庞约莫三十岁出头的年纪。

女子感觉到有人走近，便抬起了头。

只见一个人影踩着河滩上的碎石，慢慢靠近。

是个男人。

女子站起了身。

她怔怔地站在原地，没想过转身逃跑。或许是万念俱灰，来者是匪徒也好，妖鬼也罢，又与己何干？落入什么境地都无所谓了。

男人在女子面前停下了脚步，看上去四十岁上下。

眉、眼、鼻、唇……仿佛是用极细的笔触勾勒出的五官，带着邪魅之气，却异常美貌。

那模样宛如夜露，即将消逝在明日破晓的晨曦中。又正因如此，才显得梦幻迷离，格外妖娆。

“是你在哭泣吗？”男人问她，“可是有伤心事？”

那透彻心扉的声音太过温柔，以至于惹得女子再度呜咽起来。

三

说是最近有个可疑的女人出没。

也有人说是鬼，女鬼。

不管是人是鬼，她都形迹可疑。

“那是鬼怪作祟。”有人说。

被这可疑的女人盯上的，也是一个女人，名叫明子。

明子正当双十年华，生得珠圆玉润，肌肤胜雪。

那天夜里，明子已经就寝。

府上有几名侍女，但此时不在近侧。明子独自睡在一间房内。

睡梦中隐隐感觉到了什么。

胸口感受到重压，好像有人靠近，空气中夹杂着难闻的气味。

明子觉得很难受，透不过气来，游离于半睡半醒之间。

恍惚间感觉到房里点着灯，忽明忽暗，灯芯在某处飘忽不定。

这着实奇怪。明明记得睡前把灯台上的烛火熄了的。难道那灯烛还点着……

她心里惦记着此事，继而渐渐转醒。

睁开眼，明子发现自己正侧身躺在睡榻上。房里果然点着灯。

熄掉的灯是怎么复燃的呢？莫非是那火苗尚未湮没，残留的火星在自己睡着时又燃了起来？

起身去熄灭烛火也无妨，但那样做可能会完全清醒过来，不如就这样继续睡吧。此刻还有睡意，闭上眼应该很快就能再次入梦。

就让烛火这么燃着吧。于是，明子翻过身子，脸朝上呈仰卧的状态，以便让自己更好地入睡。

就在这时，明子看到了。

一个女人的脸，从二尺高的半空俯视着自己。

那女子坐在枕边，上半身前倾，低头面朝下盯着明子。此时，两人正好是面对面的姿势。

烛光下，明子看清了她的长相——一张美艳但又很瘆人的脸。

明子心头一悸。

乍一看，那女人似乎只是静静地俯视着明子。细看之下，才发现她的眼眸深处燃着青色的火焰。

那粉白的唇角浮起一丝笑意。

啊……这女人对我抱有恨意。

明子在看到这张脸的瞬间，就意识到了这点。

总算见到你了——她的笑脸仿佛这么说。

眼神交会的刹那，明子内心闪过无数个念头，简直要喷涌而出。下一刻，她听到了自己的尖叫声。

“来人！来人呀！”

烛光忽地灭了。

家仆们闻声赶来，重新点起灯，房内已没有那女人的身影。

是阴魂吗，抑或只是一场梦？还是有谁对自己心怀恨意？

明子没有头绪。

第二天晚上，明子心中恐惧，便让一个侍女陪自己同睡。

当晚，那女人没有现身。

两天、三天、四天过去了，她始终没有现身。

于是从第五晚起，明子又开始一个人睡。

女人再度现身，是在第八日的晚上。

情形和上次相同。胸口难受，夜半醒来，房内点着灯，女人从上往下俯视着明子。

明子不禁大叫。

家仆赶来时，女人已消失无踪。这和上次的情况一模一样，唯一不同的是，这次女人眼睛往斜上方吊起，唇角咧得更开了。

女人第三次现身，是在此后的第十天。

这回明子和侍女同室睡了七晚，均平安无事，便又恢复了独寝。

不料，女人在上次出现的十日后，再度在夜里造访。

情形依旧如此。

明子睡梦中感觉不适，意识到房中似乎有人。睁开眼，发现烛火燃着，女人的脸俯视着自己。

等家仆赶到时，那女人已不知去向。

要说和以往不同之处，就是女人的脸变得更可怖了。

不仅眼角上吊得更厉害，还龇着嘴露出了两侧的利齿。

到第四次现身时，有一个男人也在场目睹了。

男人名叫在原清重，常常在明子房中过夜。

那是自女人第三次出现，又过了十天之后的事。

四

当晚，在原清重藏身于屏风后，屏息静气。

四周充斥着浓稠的黑暗。

从屏风的那头，传来明子的鼻息。时而鼻息紊乱，不知是睡得浅，还是尚未入眠……

得知和自己交往的女人遭遇了怪事，清重做不到袖手旁观。

听说那可疑的女人已经在明子的寝室中出现过三次。

前一夜，明子哭哭啼啼地将事情经过告诉了他。

“明子啊明子，莫要太忧心。我会守在这里保护你的。”清重安慰道。

细细询问之下，清重发现那女人都会在自己留宿后的翌日晚上出现。

于是清重计上心头，今早醒后，先在众目睽睽之下回到自己宅中，再等天色完全暗下来之前潜回明子府上。到了夜游之时，和明子两人一同进入寝室，熄灯后清重就躲进屏风后，屏息以待。

想到一屏之隔就是明子温软的身体，清重真想此刻就过去将佳人抱在怀中。但既然说好要替她守夜，便没有逾矩的道理。

起初，清重神经紧绷，双目圆睁，时刻提防着黑暗中可能出现的变故，连吸气吐息也不松懈。

但直至更深也未见动静，清重便慢慢放松了下来。

睡意慢慢袭来，再睁开眼时，只见屏风那头隐隐透着亮光。本该熄了的灯，不知何时被点燃了，烛火茕茕。

清重从屏风的一角探出头来——

她来了。

女人坐在明子床头，身子折成两半，伸长脖子盯着明子的脸。

明子在睡梦中痛苦地扭动身体，口中发出呻吟声。

此时，一个阴恻恻的女声开口了。

“真是可恨至极，你就是用这张楚楚可怜的脸蛋勾引男人的吗？用这红唇尝男人的口，吸食男人的精气吗……”

听到她的话，清重简直想夺门而出。

按计划，他此时本应走出屏风，大喝一声：“你这女人，想对她做什么！”

但他看到了女人的发顶露出两根类似角的尖锐之物，吓得魂飞魄散。

这不是人，而是鬼。

想到这里，他的身体就动不了了，抑制不住地浑身发抖，伸手扶住屏风想要克制颤抖，不料连带着屏风也一起震颤起来。

这动静被鬼听到了。

“谁，是谁在那边？”

听到女鬼对自己说话，清重惊恐至极，起身想要逃离。不料站起得太急，撞倒了屏风，他就这样从暗处跌了出去。

“啊，你是在原清重！”头上长角的女鬼声音凄厉。

“你、你如何知道我的名字？”摔倒在地的清重问道。

此时明子也已经醒了，在一旁不停地惊声尖叫。

家仆们听到了动静。啪嗒啪嗒，众人的脚步声逐渐逼近。

“啊嗷！”

女鬼嘶吼一声，闪出了寝室。

等家仆们赶来时，已寻不见女鬼的踪影，只有一支毛笔遗落在庭中。

五

“这便是昨夜发生之事。”

清重说完，抬手拭去额上的汗珠。

土御门大路，安倍晴明的宅邸。

朝向庭院的檐廊上，晴明、博雅与清重相对而坐。清重方才刚讲完昨夜发生之事，正用衣袖擦拭额头的冷汗。

片刻之前，晴明和博雅两人正饮着酒，欣赏庭中那经霜染红的枫叶。

蜜虫走近，福身道：“有位名叫在原清重的大人来访，说是有急事相求。”

在原清重乃文章博士[①]，当代著名的和歌诗人。

大人物亲自登门造访，不能怠慢，自是以礼相迎。

清重说完事情的经过，面带惊慌地等着晴明开口。

“那支掉落在庭院中的笔，现在何处？”晴明问。

“正是此笔。”清重从怀中取出一支毛笔。

笔杆如小指般粗细，笔端呈白色，不知是用什么毛所制。

晴明以指轻触笔端，凑至鼻尖闻了闻，沉吟道：“这是白狐的毛……”

“何意？”

“这笔非寻常之物，用它写下的文字或绘成的画，都会拥有不可思议的力量。是好是坏，取决于使用者的胸襟和度量。”

晴明再次拿起笔端详，目光落到笔杆的中间位置。

“此处似乎写有文字。”

经长年使用，笔杆附近被手上的油脂侵蚀变色，但从表面还能隐隐看出写有文字的印迹。

那文字仍在日渐消退，但目前尚依稀可辨。

“写着……川成……”

“川、成？”

“正是。白狐毫笔，加上川成二字，恐怕除了那位百济川成之外，别无他人。”

“那位百济川成大人是……”

“一代大画师，是百年前的先人了。”晴明说道。

“晴明，这些到底有何关联？”博雅问。

晴明没有出声，微微侧着头若有所思，又忽地站起身对博雅

① 日本古代官职，相当于翰林学士。

说："博雅大人，我们该出门了。"

"晴明，你要去哪儿？"

"长乐寺。"

"长乐寺？"

"去那里拜访一位巨势广高大人。"

"巨势广高大人，就是那位当代有名的画师？他不是在去年此时前往比叡山出家，遁入佛门了吗？"

"正是。"

"这么说来，广高大人应该在比叡山才对呀？"

"前段时间他还俗了，现今居于长乐寺。"

还俗，指的是出家的僧人重归世俗红尘之中。

"清重大人也随我等一同前往吧？"

"我，我也要去？"

"您不愿去？"

"不，我去。"清重颔首。

"那我也去。"博雅急匆匆地起身。

"博雅大人，您也去？"

"嗯，去。"

"那走吧。"

"唔，走吧。"

事情就这么定下来了。

六

巨势广高极擅作画。其曾祖父巨势金冈也曾是有名的画师。

金冈早已辞世，据传广高的画技犹胜金冈当年。

广高常年潜心佛法。两年前，他患了场大病。

久经治疗，大病得愈，虽已恢复至行动自如，与常人无异，但他在卧床期间彻悟了这世间的悲喜无常，不再留恋尘世。故而于去年剃度出家，前往比叡山皈依佛门。

当朝天皇得知此事后，不禁深深叹惋：“出家人倒也不忌作画，只是不便再招他进到宫廷画院中。还是尽早还俗吧……”

天皇言下之意，即出家后虽然仍可以作画，但不能随意入宫当宫廷画师，因此令他还俗。

鉴于此，广高便奉命还俗，重新当回了宫廷画师。

晴明一行人来到长乐寺。

“久仰，恭候多时。”广高将三人迎入寺内。

众人来到书斋，两两相对落座。广高躬身询问：“有何贵干？”

晴明从怀中取出那支狐毫笔，递给广高。“请过目。”

广高接过笔，惊讶地看着晴明。“是我的笔，晴明大人，这……”

眼前的广高虽已还俗，但仍是剃度出家的模样，眉眼间美得近乎妖艳。

“若我没记错，这支白狐毫笔，是百济川成大人之物吧？”晴明问。

“正是。果然什么都瞒不过晴明大人您啊。”

“对此类有功德加持之物的消息，还算是时有耳闻。”

“我的曾祖父巨势金冈，和百济川成大人交情甚深，经常共事。两人都对庭园布景颇有心得，大觉寺的庭湖石等陈设便是他们一起布置的。因此，川成大人在临终前，将这支笔赠予我的曾祖父巨势金冈留作纪念。”

“那这笔后来是被盗走了，还是您转赠了他人？”

“大约去年此时，我因出家之事而迷茫，随手将此笔赠予了在鸭川河滩边遇见的女子。当时以为再也没有握画笔的机会了……”

“愿闻其详。”

“好。”

广高微微颔首，将那晚发生的事情细细道来。

七

那是一场命悬一线的大病，能保住一条性命已是万幸。

但我深感世事无常，任凭过着何等荣华富贵的生活，死亡总会在不经意间降临。

我向往佛门，但这红尘中仍有一事让我留恋，那就是绘画。

每每思及作画一事，便下不了出家的决心。

尽管可以选择成为绘佛师[①]继续作画，但若心存此等杂念，遁入佛门后恐怕也不得清净。

那晚，我就这样抱着迷茫无措的心情，徘徊在大街小巷中，不知不觉走到了鸭川河滩边。

我心想，正是因为这支狐毫笔，才让我如此彷徨。

这是曾祖父留下的笔，有它在，我就难以作出决断。既然如此，干脆把它扔到鸭川中，断绝念想。

正当我这么想时，听到了女人的哭声。

于是那晚，我将这支笔送给了在河滩上遇见的那个女子。

翌日，我便出家了。

八

“那、那个女子，她名叫香夜吗？”在一旁默默聆听的清重问道。

“我特意没有问她的名字，只想将笔留给一个不知姓名来历的

---

① 为佛描像的画师。

人，这样即便日后想再要回来，也无从寻找……”广高答道。

“清重大人，您刚刚说那女子叫香夜？”博雅追问。

“是，是的。”

“为何您会说出这个名字，是想到了什么吗？”

“呃，那个……”

“看来您心中已有猜想。”

“是的……”

“为何不说出来呢？”

“不，我不是故意不说的。是方才听了广高大人的话，才忽然想起，正是在去年此时，我结识了一名女子……”

“那女子就是香夜？”

“是的。”清重颔首。

“请务必将具体经过告知。”晴明说道。

九

清重邂逅那名女子，是在一年前的秋季。

在宫里办完差事，清重乘牛车沿着朱雀大街南行。

大路的左侧停有一架牛车。拉车的牛不知为何闹起了脾气，赖在原地不肯走。只见那驾车的小童拼命赶牛，牛仍是无动于衷。

“快走，走。这是怎么了……”

牛童的叫嚷声清晰可闻。

此时，车帘倏地飘落，车中女子的容姿落入清重眼中。

她长得很美。看年纪不过双十年华，正杏眼圆睁，“啊”的一声惊呼，微微张着口露出贝齿，灵动可爱。

那女子的模样很是惹人怜爱。

女子随即慌慌张张地抬起衣袖挡住容貌，这副娇羞的神态也正是清重所喜欢的。

清重即刻吩咐道："跟上此车。"

由此，得知了女子的住所。

那女子住在六条大路东侧的狭小院舍中，听说是不久前刚搬到此地的。不知此前家住何方。

家中有侍女、男仆、牛童各一人。

可以想见，女子是家里遭逢了变故。清重猜想，或许是她那在宫中任职的父亲突然过世，为维持生计不得已将原本的家宅转卖，移居到这六条大路来。

清重随即向女子赠歌求爱。女子回了一首和歌作答。

如此几番书简往复，两人互通款曲，明确了心意。

女子名叫香夜。

此前，清重在同一位叫明子的女人来往，移情香夜后，便不再前往明子的住处。

他被香夜迷得神魂颠倒。

"可不能到别的女人那里去哦……"

香夜紧紧缠着清重，这副黏人的模样也是清重喜欢的。

两人见得越来越频繁，香夜也越来越接近清重中意的模样。

在这期间，清重开始觉得有些蹊跷。

"我最喜欢你的唇，若是下唇瓣再饱满一些，就无可挑剔了。"

清重如此说完，下次见面时，香夜的下唇瓣就变得更为饱满。

"这眼角，若是再稍许上挑一些……"清重说。

于是，下次见面时，香夜的眼角就显得更为上挑。

"这柔软的胸部，若是更丰腴一些，我就能将脸埋进去了。"

这么一说，下次见面时，香夜的胸部就更丰满了。

起初，清重并未放在心上，但渐渐觉得不对劲了。

回过神来细想，不知从何时起，香夜的相貌发生了变化，已和当初大相径庭，简直像换了个人似的。

她原来长什么模样?

想不起来了。

她真是这样的五官吗?

那双眼、那张嘴，还是当初自己一见钟情的模样吗?

只要清重一提及，香夜的容貌就会随之改变，到最后竟瞧着有些令人毛骨悚然。

她的五官如雕琢出来一般精致，但不知为何透着一股煞气。

渐渐地，清重不再去香夜那里过夜了，他不自觉地又回到了明子身边。

以上便是清重所说的故事。

十

“是这么回事啊……”

听了清重的述说，广高沉吟道。

“听你这么说，我想起来了。”广高像是想到了什么。

“您想起了什么？”晴明问道。

“这白狐毫笔拥有不可思议的法力。”

“什么法力？”

“可以在水中作画。只需临渊照影，用此笔就可以将自己倒映在水中的容貌画成喜欢的样子。同时，本人的长相也会相应地发生变化。”

“您在那晚，为香夜小姐作画了？”

“是的。”广高颔首，“我见她像是经历了万分痛苦之事，说想要脱胎换骨。于是就在河滩的水面上，替她重新画了一副容颜，画完后将笔也送给了她。”

“原来是这样。既然事已至此，看来我们能做的也不多了……”晴明说道。

“什么不多了？”博雅一副不明所以的样子。

“我是说，我们能做的事情其实已经不多了。”

“什么？”

“事不宜迟，这就出发吧。”

“去哪儿？”

“六条大路，香夜小姐的住处。”晴明说。

十一

四人一同离开长乐寺。抵达位于六条大路的住所时，已是日暮时分。

这是一处狭小的屋宅，院墙不高，门面也不大。

见门扉半掩着，便推门而入。

一轮满月悬在东侧的山峰上。

院中悄无人息。本该有人在的家中，此刻一片死寂。

最先察觉到异响的是博雅。

“有人在哭……”他小声道。

众人驻足细听，确实如博雅所言，有哭声传来。是女子幽幽的啜泣声。

呜……呜……屋内有女人在哭泣。

四人陆续走进宅内，跨上廊台，沿着檐廊往里走。

“啊啊……我不甘心，我好命苦啊……”

哭声渐渐大了。

落日余晖融合着月光，渗进室内。

“我真是愚蠢……”

夜色无边，女人的声音如泣如诉，不绝于耳。

走在最前面的晴明停下了脚步。厢房深处有灰蒙蒙的人影。

本该层层叠穿的唐衣上装，纷乱地铺陈于地。一个女人正趴在衣裳上哭泣。

“是香夜小姐吗？”晴明唤道。

那女人只是一味地啼哭，没有回应。

“您为何哭泣？”

晴明又问了一声，同时向前走了一步。

“别过来。”那女人突然发出了男人般粗重的声音，“别过来，不能看我的脸……”

女人依旧伏着身子，像是要将脸埋进双手中似的，痛苦地扭动着。

“是……香夜吗……”清重小心翼翼地开口。

“这声音……是清重吗？”女人停止了哭泣，抬起头来，但仍是背对着众人。

即使望向这边，这昏暗的光线下也未必看得清。

“你还真敢来……”

女人转过头来。那是一张惨白泛光的脸，在暗处也清晰可见。

“呼——”清重的话音卡在喉头。

他清楚地看到，面前的这个女人头上长着角。

她眼窝中燃着两簇绿幽幽的鬼火。头上的角比昨夜见到时更长了。

眼角朝太阳穴处吊起，血红的嘴巴大大地咧开，龇着利齿，戳破了嘴唇。

“这……怎么会……”清重失声惊叫。

川成之笔正收在广高怀中，明明已不在女人手中。为何女人的脸还在继续异变着？

“清重大人，您来了就好，来了就好……”女人起身，嘴角向上斜吊，似乎在笑。

“您终于来了，清重大人。”男人般粗重的声音又变回了原本的女声，“您终于回到葛女身边了……”

“哎，葛女？”清重十分惊愕，不由得提高了音量。

“您忘了吗？从前，您常来我这儿……”泪珠从女人的眼眶中扑簌簌地滚落，“那真是一段幸福的时光……只是，我这躯体终究抵不过岁月的侵蚀，脸上也有了皱纹……”

“葛、葛女……”

“就算没有皱纹，腰上也有了赘肉，脸颊也松弛了——你曾经的肌肤是多么滑腻啊……”女人像是在模仿清重当初的口吻。

“终于有一天，您不再来看我了，到那个女人——明子小姐那里去了。”

说着，葛女嘴两侧的利齿长成了尖锐的獠牙。

“我太伤心，太痛苦了，实在忍受不住这般煎熬，起了寻死的念头，蹲在鸭川河滩上流泪不止……就是在那儿，我遇见了广高大人……”

那晚，广高问她为何哭泣，葛女说自己被男人抛弃了。

“想要变年轻、变美，想让他回到我身边……”当时，葛女如此答道。

听罢，广高动了恻隐之心，为她施了“水化妆”之法——用川成之笔描摹映在水中的面容。

抹平了皱纹，让脸蛋变得紧致，重新焕发年轻美丽的光彩。

“当我看到水面映出的容貌时，简直不敢相信。不仅变年轻了，而且美貌更甚从前。随后，广高大人对我说，这笔于他已无用，就赠予了我……”

因此，葛女心中有了思量。

她十分了解清重喜欢哪种类型的女人，于是在水桶中映出脸庞，用川成之笔将相貌勾勒成清重中意的长相。

又更换住所，改名为香夜，打算改头换面后再度和清重相识。

葛女清楚清重出入宫的大致时间，于是特意将车辇停在附近，装作是因牛不肯拉车而无法前行，等着清重的到来。

事情进展得十分顺利。

清重又开始同葛女来往，当然他并不知道香夜就是葛女。

然而，葛女只要一想到清重总有一天还是会离开自己，去往别的女人的住所，内心就倍感煎熬。

因此，每当清重的话语中提及容貌，她就会依言修改自己的长相。不料此番举动让清重心生惧意，又回到了明子那里。

葛女得知后，将脸画成妖鬼的模样，不时地出现在明子面前恐吓她，以此宣泄心中的怨恨。

不料，这副模样被清重撞见了。

尽管貌如鬼魅，清重一定还是认出了自己。

他再也不会来看我了，葛女回到住所，心灰意冷地哭到天明。

“可你的脸，怎么会变成这样？那笔明明已回到广高大人手中。”清重问。

“啊啊……”葛女号哭起来，“离了这笔后，我的脸仍在不断化作鬼貌。我已被笔的力量侵蚀，失控异化成妖鬼模样，家仆也都被吓得逃走了……”

葛女像是在抗拒一般不住地摇头。

“这张脸、这躯体，都由不得我了……”葛女哭得撕心裂肺。

说话间，她的脸又扭曲了几分，眼、鼻、口都起了变化。如今这张脸已经走样得连鬼脸都算不上了，两颊和下颚处长出了利角。

广高悲悯地看着葛女，开口道：“请用水桶打些水来。”

“好、好的。”清重应下，慌慌张张地跑了出去。

广高点亮了房内的烛台。

满满一桶水被搬进了房间。

广高伸手拍了拍葛女的肩膀。“来，到这儿来。”

他将葛女拉到身旁，让水面映出她的脸。

随后，广高从怀中取出川成之笔。“别动哦。”他对葛女说。

桶内的水中映着葛女的相貌，广高以笔轻触水面，细细勾勒起来。

眼眸、鼻梁、嘴唇、双颊、长发……一一勾画完毕。

“如何？”广高问道。

“啊！”清重最先发出一声惊叹，“容貌恢复了，是葛女……”

正如清重所言，水面映出的，是晴明和博雅都素未谋面的女人的脸庞。

“我还记得一年前的夜晚，在月光下看过你的模样，所以凭借着那时的记忆将你的容貌复原了……”广高说。

“呜呜……”葛女再度大哭起来。

她涕泪涟涟，放声痛哭着。

十二

那日之后，清重和葛女的后续如何，晴明和博雅也不得而知。

某日，晴明宅邸。

“也不知那两人后来怎么样了……”

博雅坐在檐廊上，端着盛有酒的杯盏，喃喃自语道。

“是呀，不知他们怎么样了……”晴明也跟着叹了一句。他将杯中酒饮尽，低声说：“人啊，最是看不透……”

至于巨势广高的事，两人都有所耳闻。

自那之后，广高半年闭门不出，在长乐寺的佛堂里绘制壁画。

他画的是六道轮回图。

即世间众生循着善恶有报的因果业力，在这六道中生死流转的过程。

地狱道。

饿鬼道。

畜生道。

阿修罗道。

人道。

天道。

广高所绘的，是在这六道中彷徨的女子。

画成之时，广高的头发已蓄长，他也彻底还俗了。

广高的这幅画被奉为长乐寺的镇寺之宝，世代流传。

鬼葫芦

一

暗香满枝头。

正值梅花盛放的时节。

闻着花香，安倍晴明和源博雅把酒对酌。

晴明宅邸的檐廊上，晴明一身洁如白梅的狩衣，背倚廊柱，支着单膝坐在圆蒲垫上。

博雅也在圆蒲垫上坐着，单手拿着盛有酒的杯盏，自方才起就凝望着庭中的梅花，情不自禁地轻叹出声。

一个火盆静静地燃烧着。

十二单衣装束的蜜虫候在一旁，见杯盏空了，便起身往里斟酒。

酒香和梅香交织，此等芳香，怕是天上的琼浆也不过如此吧。

沾染酒气的梅香，宛如被着了色，微微泛起绯红。

“真是芳香沁人呐。”博雅似是有了醉意，蒙眬地垂下眼帘，“这是否就是咒呢？”

说完，他睁开了眼睛。

“博雅，你刚刚提到咒了哦。”晴明露出像是听到了惊人之语的表情。

博雅主动提及咒的话题，确实稀奇。

再看博雅，此刻眼神中满是“糟了”两字，嘟囔道：“我说些咒的话题，不好吗……”

“好极了。可是啊，博雅，你刚才说的咒是指什么呢？”

“哎呀，我是想说……”博雅将杯中酒一饮而尽，看着晴明说，“我在想，这梅花的香气，如果不被冠以‘芳香’之名的话，不知会如何？”

“嗯……”晴明的神情像是在鼓励博雅继续说下去。

“如果没有‘芳香’或‘香气’这类的词语，人们就不知该如何诠释这先天下而春的缕缕梅香了吧？”

“嗯。”

“所以我想，正是因为有‘芳香’和‘香气’这些词来定义，人们闻到花香后由心而生的感受、情绪，才有了承载之物。”

“嗯。”

“虽然具体时日记不清了，晴明，我记得你曾经对我说过，这世上最短的咒，就是名。”

“是的。”

“就是此意，晴明。”

“何意？”

“名字，以及各种各样的词语……我想正是这些咒，让人的心意和心情有了更深层的寄托。”

“正如你所说。博雅，厉害呀！”

“哪有什么厉害的？”

“其实近来，我也常常在想，如果没有名词，也就是没有咒的话，人是不是连思考也做不到了。博雅，你能油然感悟到这一层，实在是很厉害呀。”

“哎，我也不是很懂。听这话，你是在表扬我吧，只是……”

“只是什么？”

“没懂你在表扬我什么……”

“这正是你的可贵之处，博雅。”晴明端起杯盏送至唇侧，用红唇抿了一口酒，“对了，博雅。”

“怎么了？”

“你听说那件怪事了吗？最近京城里传得纷纷扬扬的。”

晴明放下杯盏，说道。

“啊，你是指那个一夜白头、双脚变僵硬的怪病吗，我也听说了……”

博雅向晴明投去疑惑的眼神，像是在问：“所以呢？”

二

最早出现怪症的，是一个叫藤原乌麻吕的人。

事情发生在约三个月前。

那天早上，藤原乌麻吕起床后，发现自己的头发全变白了。

他年仅四十，还未到满头白发的年纪。虽说也有人年纪轻轻就两鬓花白，但乌麻吕人如其名，有一头乌黑浓密的头发，发量多得都塞不进乌帽。

他原本没有一根白发，但就在一夜间，竟变得满头白发。

而且不仅仅是头发，他的胡须，以及大腿根部要害处的体毛，也像上了年纪般全变白了。

然而，他的相貌并没有变老，保持着原样。除头发之外，脸上没有添皱纹，皮肤也没有变松弛，听力和视力都一切正常。

乌麻吕心想，这种事情或许并非没有前例。没想到，第二天早上又被眼睛痛醒。

他用手揉眼皮，却愈发感到疼痛，有土屑从眼中扑簌扑簌掉落。他的眼睑处竟填满了泥土。

又过了一天，他下腹鼓胀，疼痛难耐，肚子咕噜咕噜作响。突然有了便意，赶到厕所，竟排出一火盆那么多的蛔虫。

他的脚底板变得如同岩石般坚硬，赤脚行走时甚至会磨损铺在檐廊上的木地板。

此外，乌麻吕开始无法进食谷物。

吃鱼吃菜都没问题，可一吃米饭就无法下咽，尽数吐出。用米酿成的酒也一样。他能正常喝水，但一饮酒就会吐。

乌麻吕觉得事情蹊跷，便请来僧人念经诵佛、弹拨弓弦，或燃烧芥子[①]辟邪，但都无济于事。

十天后的某日，家仆领来了一位作僧人打扮，看着颇为古怪的老者。

“这位老人家听闻大人的情况后登门造访，说有解决之法。”家仆说。

只见老者耳鬓处白发蓬生，而头顶光溜溜的，寸毛不长，下巴上蓄着长长的白胡须。眼睛眯成细细的一条线，看上去十分和善，像个和蔼可亲的老爷爷。

老者说他叫墩炳，讲话带着异国口音。

“老夫对乌麻吕大人近来所遇之事略有耳闻，您很可能是被某种不祥之物附身了。从我听闻的大人的诸项症状来看，这驱邪之术只有我办得到，因此今日前来拜访。若您不介意，可否让老夫一试，费不了多长时间。”

老者开门见山，说了这番话。

乌麻吕已经如此煎熬了十天，正是苦于无计可施之际。

---

① 芥菜的种子，其性辛辣。古人认为芥子有驱魔护体的神力，燃烧芥子以辟邪除病。

“怎样都行，就按你的办法来吧。”乌麻吕接受了老人的提议。

“多谢。”

老人走进屋内，先让乌麻吕席地而坐，再从怀中取出一个木盘，放在乌麻吕面前的地板上。

随后，他又从怀中取出一个奇形怪状的人偶。

那人偶浑圆的身躯上垂着纤细的四肢。身躯像是一个被填塞得满满的布袋，上面挂着四根草秆当手脚。

颈部丝线的一头连着一个木制面具，形似茄子，也像葫芦。面具上画着一双目光炯炯的圆眼和一张嘴，口中还露出几颗牙齿。

墩炳老人将人偶放在方才拿出的木盘里。

之后他又让家仆拿来一鼎香炉，添入不知名的粉末焚烧起来。

散发出的气味，像是在烤腐臭的鱼。

墩炳在乌麻吕的对面席地坐下，将人偶放置在两人之间。

“那么，现在开始驱邪。”

他以手结印契之姿，吟诵起咒来。

此非汝等容身处
须择幽地驱明烛
此非汝等容身处
速了妄念归阴窟
慈悲丧尽冷心腹
恶鬼成形堕暗狱
汝将永不得复苏
汝将永不得作恶

墩炳如此诵念了三遍。

每念完一遍，便朝乌麻吕的脸上吐一口唾沫。

三遍下来，乌麻吕也被喷了三回唾沫。

随后墩炳又念了三遍相同的咒语，这回将唾沫啐到了人偶上。

“应该无妨了。”

墩炳将人偶和木盘收入怀中，说了声“告辞”便转身离去。

三天后，墩炳再次登门。

“大人感觉如何？”墩炳问。

此时的乌麻吕已变回了乌发，体内不再排出蛔虫，眼睛里也没有泥屑了，可以说是病痛全消。

当然，吃谷物和饮酒都没问题。

看这样子，不但病症痊愈，身上的邪物应该也被驱除了。

“哎呀，真是不胜感激。”

乌麻吕不仅以美酒佳肴款待墩炳，还备好礼品赠送给他。

自那以后，京城里又接连发生了好几起类似的事件。

第二个出现和乌麻吕相同症状的，是个名叫橘川成的人。

接着出现相同症状的，是个名叫平清重的人。

而在这些人身体抱恙后的第十天，墩炳便会登门造访，为他们驱除这费解的怪象。

不得不说，这实在令人觉得不可思议。

三

“不过，这事听着可真是古怪啊……”博雅说道，“在短时间内，乌麻吕大人、川成大人、清重大人，竟都遭遇了相似的事情。”

“不对哦，博雅。此事已经发生了四次。”

“四次？”

“其实，四天前，藤原兼家大人也出现了类似的症状。所以，现在已是第四起事件，第四名受害者了。”

“你说什么？”

“兼家大人正为此事忧心不已。从之前的情况来看，发病十日后，墩炳大人将登门为兼家大人驱邪治病，但兼家大人说他已无法忍耐至第十天。可是，就算现在派人去请墩炳大人，也没有人知道他家住何方。此前的三次都是他自行登门，所以兼家大人也有些担心，第十天墩炳大人是否会如期登门。”

“嗯。”

“因此，今早兼家大人派人来传话，让我想想办法。”

“原来是这样。”

“嗯，所以待会儿我要出一趟门。”

“去哪里？”

“当然是去兼家大人的宅邸啊。”

“哦。”

“怎么样，博雅，你去吗？”

“去、去哪儿？”

“兼家大人那儿呀。”

“唔。”

“那，走吧。”

“走。”

“走。”

事情就这么定下来了。

四

进到屋内一看，兼家已卧床不起。

定睛望去，头发全变白了。

兼家的头发本就已花白，但远不至于满头白发。

“晴明啊，如你所见。”兼家的声音十分虚弱，“吃不进米饭，饮不了酒。脚底如石头般坚硬，每天要排出一火盆的蛔虫。眼中满是泥……”

兼家两眼赤红，两端的眼角流下血泪。

“晴明，你可有救命的法子……”

“请先让我勘察一番。”

晴明说着，双手握拳，分别伸出食指和中指，并拢直立。

他闭合双目，将右手的食指和中指抵在左眼皮上，左手的食指和中指抵在右眼皮上，低吟了一段咒后，睁开了眼。

“怎、怎么样，晴明？你看到什么了吗？”

“别出声。”

晴明将视线投向兼家。兼家正支起上半身，转头望着晴明。

“这……真是离奇……”晴明沉吟道。

“晴、晴明……”兼家眼神中带着惊恐。

“嘘——”

晴明注视兼家片刻，忽而将视线移至兼家脚下，忽而又望向庭院的方向。

“您是被邪物附身了。”

“附、附身？”

“是的，看来是被鬼魅附身。”

“鬼魅？”

“而且是此前从未见过的鬼魅。”

“怎会……”

“方才见那鬼伸出血红的舌头舔舐兼家大人的头发，或许这就是您头发变白的原因……”

“竟有此事……”

“接着，鬼用嘴堵住兼家大人的嘴，往您体内灌气。每吹一口气，就会在您的体内孵生蛔虫。这就是您排出蛔虫，吃不了米，饮不了酒的原因……”

“……”

兼家已经说不出话来。

“鬼还钻入兼家大人的脚底啃食您的脚，导致双足变得僵硬。”

“方才，你为何望向庭院？”

“鬼跑向了庭院，我的视线便跟着它。”

“它去庭中做什么？”

“捡拾庭中的土块，现已回到屋内，正在……”

晴明话还未完，只听兼家“啊”地大叫一声。

“有何物往吾眼中倒土……”

兼家使劲揉眼睛。

“取桶水来。”晴明吩咐道。

兼家用了一大桶水清洗，才将眼中的泥土洗去。

一番折腾后，兼家疲惫不堪地问道：“晴明，你可有破解之法？”

“我试一试吧，只是可能要花一些时间。”

“没有速效之法吗？”

“那鬼魅，我生平第一次见，而且看着似乎是异国之鬼。可能需要两三天……”

“那鬼魅是何等模样？”

“三言两语怕是难以说清。”

“吾能看见吗？”

“若您想看的话。”

“想看。”

“只是那鬼魅的模样，怕大人见了会感到不适。”

“无妨。”兼家说道。

“晴明，我也想看。”博雅在一旁说。

“那我只好从命了。”晴明挪到兼家身侧，“博雅大人也请过来。”

博雅闻言凑近两人。

“请两位闭上眼睛。”

晴明说着，将左手的食指和中指覆在博雅的右眼上，将右手的食指和中指覆上兼家的左眼。

他低吟一段咒后，将手指移开。

“请睁眼吧。”

“啊！”两人同时睁开眼睛，又不约而同地发出惊叫。

只见兼家的枕边，有个畸形之物。

高七尺有余。脸似歪斜的葫芦，毛发似碎线头从头顶垂下。眼似窟穴，眼珠子在眼眶深陷处滴溜溜地转着，仿佛正注视着众人。

那物没有鼻子，嘴巴豁开，七上八下地长着三四颗硕大的牙齿。一条血红的长舌垂在外面，不停地蠕动着。

颈部细得堪比丝线，无法想象能支撑起脑袋。

腹部却滚圆似木桶。四肢如同草杆或枝丫。

上身如悬在风中的葫芦，无依无凭地晃荡着。

“啊啊啊！”

兼家两手撑着身子，弓腰往后退。

博雅虽没再叫出声，但也将上半身往后仰，低叹道：“晴明，你、你竟一直都在看这般诡谲之物吗？”

“快、快想想办法，晴明。”

兼家脸色煞白，嘴唇颤抖不已。

“正如我方才所言，这是异国的鬼魅，无法立刻驱除。不过，我暂且试一试吧。”

“拜、拜托了。”

“那么，请两位朝鬼啐唾沫。”

“唾沫？”

“是的。”晴明颔首道，“将门之乱时期，俵藤太大人正是将唾液喷在箭端射出，才击退了三上山的百足蜈蚣。人的唾液有驱魔辟邪之效，此理古今中外皆同。”

听了这话，兼家和博雅向那鬼啐了口唾沫。

“来，大伙儿一起。”

在场的家仆们尽管不明所以，但听了晴明的催促，也朝着兼家和博雅吐唾沫的方向，纷纷啐起唾沫来。

如此一来——

咕呜呜咕哞哞哞哞哞……

鬼魅口中嗡嗡作响，晃晃悠悠地荡起身子，朝屋外走去。它走下庭院，钻过大门，晃出了宅邸……

“接下来，就交给我晴明和博雅大人吧。”

晴明告别兼家，同博雅一起跟在鬼身后，离开了兼家的宅邸。

五

鬼魅朝着西京的方向行去。

穿过朱雀大路，径直南下，出六条大路后转而西行。

它步履缓慢，不会跟丢。

街上行人看不见前方鬼的身形，只见晴明和博雅两人并肩行走在早春晴好的阳光下。

跟随来到西边偏远之地，那鬼进入了一座破寺。

去年的枯草委顿于地，丛中又新长出野萱草、繁缕草……鬼踏过这些春日的嫩草，走进一间看着像正殿的庙宇中。

晴明和博雅紧随其后，走进正殿。

屋梁大半已经脱落，整个地面几乎都已腐朽塌陷。

脚踩过烂木板，发出“吱呀吱呀”的响声。

“呀，这么快就回来了，是遇到什么事了？”

大殿深处传来说话声。

“晴明，好像有人。”博雅说。

“看来确实有人。”晴明快步往里走。

里头有一席地留有几块尚未腐蚀的木板，顶上也有残瓦遮阴，能容下一人栖身。

一个作僧人打扮的老者席地而坐，那鬼就立于他面前。

“你怎么回事？不是还没到十天吗，这么早就回来了……”

老者对鬼说。

察觉到晴明和博雅的到来，老者转头望向两人。

“嗯，两位是……”老者问道。

老者的秃顶寸毛不长，耳鬓处白发蓬生。

“您是墩炳前辈吧？”

晴明向前一步，开口道。博雅也跟着走上前来。

“我们是跟着这鬼，来到了此处。”晴明说。

“也就是说，你们能看见它？”

“是的。”晴明颔首。

“原来如此。请问两位是……”

“在下是土御门大路的安倍晴明。这位是……”

“在下源博雅。”

晴明和博雅分别报上姓名。

“老夫正是墩炳，几年前从唐国东渡而来。”

“那，这鬼也是您从唐国带来的吗？”

“啊，它不是。不，也不能说不是，也不能说是……唉，这说来话长……”

墩炳神色惊慌，时而挠头，时而又用手摩挲下巴。

“不过，既然你们能看到它，看来此国不乏身怀超凡法术之人。

事已至此，老夫愿将一切如实相告，若两位能腾出片刻听老夫之言，感激不尽。”

墩炳话落，躬身行了一礼。

六

在和此地一水相隔的家乡，老夫以巫道为生。

老夫并非法力高强之辈，仅能作一些简单的驱魔之术，因此很难接到法事委托。于是想到，或许自己的法术在异国会有用武之地。

日本国估计还没有身怀高超法术之人，那么像我辈之徒，也能施展法术维系生计。

没料到，老夫此想法是大错特错。

原来水土相异，鬼的特性也不同。因此即便是简单的驱魔之术，也有遵从当地本土的方法。像老夫这样人生地不熟的，只能应对很少一部分，大多数驱魔作法之事仍是无能为力。

因此老夫心想，若是此地有吾国的鬼魅，岂不方便？

老夫对唐国的鬼魅，大抵还是心中有数的。相应的驱除之法，老夫也多少懂得一些。既然此地没有，老夫便盘算着，干脆亲自造一个出来。

造出的成品，便是两位如今眼前所见的鬼，名为“由三格塞呀”。

若是此鬼，凭老夫的法术就可驱除，即便遇到紧急状况也有自信能解决。

定下此计后，近来这段时日，老夫夜夜念咒作法，在心中具象出由三格塞呀的形貌。一个月后，周遭的大气开始凝结，两个月后，由三格塞呀初步成形，开始拥有了作恶之力。

若放任不管，它就会擅自外出，随意附身他人。

当由三格塞呀不见后，老夫在大街小巷奔走寻找。十天后，偶尔听到城中出现怪症的传闻，心下了然是由它惹下的祸事，便登门造访被附身之户，将由三格塞呀驱走。没想到那户主人竟以酒菜款待，老夫着实是受宠若惊，感激不已，便继续以此方法维持生计。不料今日，由三格塞呀提早回来了，晴明大人和博雅大人你们二位也随之而来。事情的经过就是这样。

七

“原来是这样……”

博雅说着，将酒送入口中。

这是晴明宅邸的檐廊上。早些时候，晴明和博雅就已回到此处，两人正举杯对酌。

夜晚，梅开似雪，暗香溶在夜色中，浸染在夜晚微甜的大气里。

“博雅啊，正如你所言，不是吗？”晴明开口道。

“哎，如我所言？”

“是呀。你方才不是在谈论咒的话题吗？”

“我好像确实这么提过一句……”

“这梅香若是不被赋予‘芳香’之名会怎样，不就是刚才你自己说的吗？”

“你是指那个呀。”

“嗯，其实那个名叫由三格塞呀的异国之鬼也是如此。正是因为被倾注了欲念，再以此地之气施咒作法、命名，才能出世成形，化作我们所见的鬼魅。”

“确实。”

“施以不同的咒，异国之鬼也能在本地成形。而碰到异国之鬼魅，本国法术往往会失效。”

“唔，嗯。”

“这回我也算是学到了不少。博雅，多亏了你啊。”晴明说道。

“晴明，你这是在跟我道谢啊？可你老是在说咒，我听着还是云里雾里的。”

“白天你不是一副了然于胸的样子吗？”

“哎呀，白天是白天。晴明啊，现在我怎么觉得，自己又被你忽悠进去了……”

“哦？”

“算了，今晚咱们就佐着梅香，一醉方休吧。”

“美酒入喉，岂不美哉？”

“嗯。”

博雅点点头，端起蜜虫方才斟上酒的杯盏，缓缓饮尽。

梅香在幽暗处化开，夜已阑珊。

图书在版编目（CIP）数据

阴阳师．玉兔卷／（日）梦枕貘著；文绘译．-- 海口：南海出版公司，2022.4
ISBN 978-7-5735-0171-4

Ⅰ．①阴… Ⅱ．①梦… ②文… Ⅲ．①短篇小说－小说集－日本－现代 Ⅳ．①I313.45

中国版本图书馆CIP数据核字(2022)第036380号

著作权合同登记号 图字：30-2022-005

阴阳师．玉兔卷
〔日〕梦枕貘 著
文绘 译

出　　版　南海出版公司　(0898)66568511
　　　　　海口市海秀中路51号星华大厦五楼　　邮编 570206
发　　行　新经典发行有限公司
　　　　　电话(010)68423599　　邮箱 editor@readinglife.com
经　　销　新华书店

责任编辑　翟明明
特邀编辑　褚方叶
封面插画　郝　维　李晋圆　刘铭若（画言所）
装帧设计　李照祥
内文制作　田小波

印　　刷　河北鹏润印刷有限公司
开　　本　850毫米×1168毫米　1/32
印　　张　9.5
字　　数　233千
版　　次　2022年4月第1版
印　　次　2025年2月第2次印刷
书　　号　ISBN 978-7-5735-0171-4
定　　价　49.00元